O ESTRANHO CASO
DO CACHORRO MORTO

Mark Haddon

O ESTRANHO CASO DO CACHORRO MORTO

Tradução de
LUIZ ANTONIO AGUIAR E
MARISA REIS SOBRAL

10ª EDIÇÃO

EDITORA RECORD

RIO DE JANEIRO • SÃO PAULO

2009

CIP-Brasil. Catalogação-na-fonte
Sindicato Nacional dos Editores de Livros, RJ.

H145e
10ª ed.

Haddon Mark
    O estranho caso do cachorro morto / Mark
Haddon; tradução Marisa Reis Sobral e Luiz
Antonio Aguiar. – 10ª ed. – Rio de Janeiro: Record,
2009.

Tradução de: The curious incident of the dog
in the night-time
ISBN 978-85-01-06625-1

1. Romance inglês. I. Sobral, Marisa. II. Aguiar,
Luiz Antonio, 1955- . III. Título.

04-0289

CDD – 823
CDU – 821.111-3

Título original inglês:
THE CURIOUS INCIDENT OF THE DOG IN THE NIGHT-TIME

Direitos exclusivos de publicação em língua portuguesa para o Brasil
adquiridos pela
EDITORA RECORD LTDA.
Rua Argentina 171 – Rio de Janeiro, RJ – 20921-380 – Tel.: 2585-2000
que se reserva a propriedade literária desta tradução

Impresso no Brasil

ISBN 978-85-01-06625-1

PEDIDOS PELO REEMBOLSO POSTAL
Caixa Postal 23.052
Rio de Janeiro, RJ – 20922-970

Este livro
é dedicado a
Sos

Com agradecimentos a
Kathryn Shaw, Clare Alexander,
Kate Shaw e Dave Cohen

AGRADECIMENTOS

O logo do metrô, as estampas de tecido e o diagrama da linha foram reproduzidos com a gentil permissão da Transport for London. O anúncio da Kuoni, reproduzido com a gentil permissão da Kuoni Advertising. Questões do exame de matemática avançada reproduzidas com a gentil permissão do OCR. Todo esforço foi feito para encontrar outros detentores de *copyright*, e os editores terão prazer em corrigir erros ou omissões em futuras edições.

2

Passavam sete minutos da meia-noite. O cachorro estava deitado na grama, no meio do jardim da frente da senhora Shears. Os olhos dele estavam fechados. Parecia que ele estava correndo de lado, do jeito que os cachorros correm, quando acham que estão atrás de um gato, num sonho. Mas o cachorro não estava correndo nem estava adormecido. O cachorro estava morto. Havia um forcado de jardinagem atravessando o cachorro. As pontas do forcado deviam ter varado o corpo do cachorro e se cravado na terra, porque o forcado não tinha caído. Concluí que o cachorro devia ter sido morto com o forcado porque não consegui ver outros ferimentos no cachorro e não acho que alguém ia enfiar um forcado de jardim num cachorro se ele já tivesse morrido de alguma outra causa, como câncer, por exemplo, ou um acidente de carro. Mas não podia ter certeza sobre isso.

Atravessei o portão da senhora Snears, fechando-o atrás de mim. Fui andando pela grama e me ajoelhei junto do cachorro. Coloquei minha mão no focinho do cachorro. Ainda estava quente.

O cachorro se chamava Wellington. Pertencia à senhora Shears, que era nossa amiga. Ela morava no lado oposto da rua, duas casas para a esquerda.

Wellington era um *poodle*. Mas não um daqueles *poodles* pequenos, que têm pêlos bem cortadinhos. Era um *poodle* grande. Ele tinha pêlo encaracolado, mas, quando você se aproximava, dava para ver que a pele debaixo do pêlo era meio amarelo-pálida, como de uma galinha.

Afaguei Wellington e fiquei me perguntando quem o tinha matado e por quê.

3

Meu nome é Christopher John Francis Boone. Sei todos os países do mundo e suas capitais, e todos os números primos até 7.507. Há oito anos, quando conheci Siobhan, ela me mostrou este desenho

e eu sabia que significava *triste*, que é como eu me senti quando encontrei o cachorro morto. Então ela me mostrou este desenho

e eu sabia que significava *feliz*, que é como eu fico quando estou lendo sobre as missões espaciais Apollo, ou quando ainda estou acordado às três ou às quatro da manhã e posso caminhar para cima e para baixo da rua e imaginar que sou a única pessoa no mundo inteiro.

Então ela desenhou algumas outras caras

mas não consegui saber o que elas significavam.

Consegui que a Siobhan desenhasse várias dessas caras e então escrevi embaixo delas exatamente o que significavam. Guardei o pedaço de papel no meu bolso e daí o tirava quando não entendia o que alguém estava dizendo. Mas era muito difícil saber qual dos diagramas representava as caras que eles faziam porque elas mudavam muito depressa.

Quando contei para a Siobhan que estava fazendo isso, ela pegou um lápis e um outro pedaço de papel e disse que era uma coisa que, provavelmente, fazia as pessoas se sentirem muito

e então ela riu. Por isso, rasguei o pedaço de papel original e o joguei fora. E Siobhan pediu desculpas. Então, agora, quando não sei o que alguém está dizendo, ou eu pergunto o que querem dizer ou me afasto.

5

Arranquei o forcado do cachorro, depois levantei-o em meus braços e o abracei. Estava saindo sangue dos buracos feitos pelo forcado.

Eu gosto de cachorros. A gente sempre sabe o que um cachorro está pensando. O cachorro pode estar de quatro jeitos. Feliz, triste, zangado e concentrado. Além disso, os cachorros são leais e não dizem mentiras porque não podem conversar.

Eu já estava abraçando o cachorro havia quatro minutos, quando escutei um grito. Olhei e vi a senhora Shears correndo do seu vestíbulo na minha direção. Ela estava usando pijamas e um roupão. Suas unhas dos dedos do pé estavam pintadas de rosa brilhante e ela estava sem sapatos.

Ela estava gritando:

— Mas que merda você fez com o meu cachorro?

Não gosto quando as pessoas gritam comigo. Fico com medo, achando que elas vão me machucar, ou me tocar, e nunca sei o que pode acontecer.

— Largue o cachorro, — ela gritou. — Largue a porra do cachorro pelo amor de Deus.

Larguei o cachorro no gramado e recuei dois metros.

Ela se abaixou. Pensei que ela fosse pegar o cachorro, mas ela não fez isso. Talvez ela tenha reparado naquele sangue todo e não quis se sujar. Daí, ela começou a gritar de novo.

Coloquei minhas mãos nos meus ouvidos, fechei os olhos e fui me inclinando para frente até que fiquei todo curvado com a minha testa pressionando a gramá. A grama estava molhada e fria. Estava gostosa.

7

Este é um romance de mistério e assassinato.

Siobhan me disse que eu deveria escrever qualquer coisa que eu gostasse de ler. Normalmente, só leio livros de ciência e matemática. Não gosto de romances de verdade. Nos romances de verdade, as pessoas dizem coisas como: "Sou veiado de ferro, de prata e de riscas feitas de nada mais que lama. Não posso contrair meu punho com firmeza para segurar a mão daqueles cujo aperto não depende de estímulo".[1] O que isto significa? Eu não sei. Nem o Pai. Nem Siobhan, nem o senhor Jeavons. Eu perguntei a eles.

Siobhan tem cabelos louros e compridos, e usa óculos feitos de plástico verde. O senhor Jeavons cheira a sabão e usa sapatos marrons que têm mais ou menos sessenta pequeninos buracos circulares em cada pé.

Mas, de romances de mistério e assassinato, eu gosto. Então, estou escrevendo um romance de mistério e assassinato.

Em um romance de mistério e assassinato, alguém tem de descobrir quem é o assassino e arrumar um jeito de prendê-lo. É um enigma. Quando é um enigma dos bons, a gente às vezes consegue descobrir a solução antes do fim do livro.

Siobhan disse que o livro deveria começar com alguma coisa para prender a atenção das pessoas. Foi por isso que comecei com o cachorro. Mas, também comecei com o cachorro porque aconteceu comigo e acho difícil imaginar coisas que não aconteceram comigo.

---

[1]Achei este livro na biblioteca, numa vez em que a Mãe me levou à cidade.

Siobhan leu a primeira página e disse que era diferente. Ela colocou essa palavra entre aspas, fazendo um gesto em curva com seus dedos indicadores e médios. Ela disse que, normalmente, eram pessoas que eram assassinadas em romances de mistério e assassinato. Eu respondi que dois cachorros foram assassinados em *O cão dos Baskervilles*, o tal do cão de caça e o *spaniel* de James Mortimer, mas Siobhan disse que eles não foram as vítimas do assassino e, sim, o *sir* Charles Baskerville. Ela disse que isso era porque os leitores se importam mais com as pessoas do que com os cachorros, então, se uma pessoa é assassinada no livro, os leitores vão querer continuar a leitura.

Eu disse que queria escrever sobre alguma coisa real e eu sabia de pessoas que já tinham morrido, mas não conhecia ninguém que tivesse sido morto, a não ser o pai de Edward, da escola, o senhor Paulson, e isso tinha sido um acidente de vôo de planador, e não assassinato, e, na verdade, eu não o conhecia. Disse também que eu me importava com cachorros porque eles eram leais e honestos, e alguns cachorros eram muito inteligentes e mais interessantes do que muitas pessoas. Steve, por exemplo, que vinha para a escola às quintas, precisa de ajuda para comer sua comida e nem mesmo consegue sair correndo para buscar uma vareta. Siobhan me pediu para não dizer isto na frente da mãe do Steve.

11

Então a polícia chegou. Eu gosto da polícia. Eles têm uniformes e números e você sabe o que eles estão querendo fazer. Havia uma policial e um policial. A policial vestia calças apertadas, com um pequeno furo no tornozelo esquerdo e um risco vermelho no meio do furo. O policial tinha uma grande folha alaranjada grudada na parte de baixo do seu sapato, que estava saindo pelo lado. A policial colocou seus braços em volta da senhora Shears e a conduziu de volta para sua casa.

Eu levantei minha cabeça da grama.

O policial acocorou-se junto de mim e perguntou:

— Você poderia me dizer o que está acontecendo aqui, meu rapaz?

Eu me sentei na grama e disse:

— O cachorro está morto.

— Acho que isso eu já adivinhei — disse ele.

Eu disse:

— Acho que alguém matou o cachorro.

— Quantos anos você tem? — perguntou ele.

Eu respondi:

— Tenho 15 anos, 3 meses e 2 dias.

— E o quê, precisamente, você estava fazendo no jardim? — perguntou ele.

— Eu estava segurando o cachorro — respondi.

— E por que você estava segurando o cachorro? — perguntou ele.

Era uma pergunta difícil. Foi só uma coisa que eu quis fazer. Eu gosto de cachorros. Fiquei triste de ver que o cachorro estava morto.

Gosto de policiais também e eu queria responder direito à pergunta, mas o policial não me deu tempo suficiente para preparar a resposta.

— Por que você estava segurando o cachorro? — perguntou ele de novo.

— Eu gosto de cachorros — disse eu.

— Você matou o cachorro? — perguntou ele.

Eu disse:

— Eu não matei o cachorro.

— Este forcado é seu? — perguntou ele.

Eu disse:

— Não.

— Você parece estar muito perturbado com tudo isso — disse ele.

Ele estava fazendo perguntas demais e as estava fazendo depressa demais também. As perguntas estavam se amontoando na minha cabeça como os pães de forma da fábrica onde o tio Terry trabalha. A fábrica é uma padaria e ele trabalha numa máquina de cortar o pão em fatias. Daí, tem vezes que a fatiadora não está trabalhando suficientemente rápido, mas o pão continua vindo, e vindo, e daí os pães ficam amontoados. Tem vezes que eu penso que minha cabeça é uma máquina, mas nem sempre como uma máquina de fatiar pão. Isto torna mais fácil explicar para outras pessoas o que está acontecendo dentro dela.

O policial disse:

— Eu vou perguntar para você mais uma vez...

Eu me estendi de bruços na grama, outra vez, pressionei minha testa no chão novamente e fiz o barulho que o Pai chama de gemido. Eu faço este barulho quando tem muita informação entrando na minha cabeça vindo do mundo de fora. É como quando você está aborrecido e aperta o rádio no ouvido e o sintoniza entre duas estações, assim tudo que sai é um chiado, que nem um barulho vazio, e então você aumenta o volume, aumenta muito, para só ficar ouvindo o chiado e então você sabe que está seguro porque não pode ouvir mais coisa nenhuma.

O policial segurou meu braço e me pôs de pé.

Eu não gostei dele, me pegando daquele jeito.

E foi aí que bati nele.

13

Este livro não vai ser engraçado. Não posso contar piadas porque nunca as entendo. Aqui vai uma piada, por exemplo. É uma piada do Pai.

Seu rosto fechou-se, mas as cortinas eram reais.

Eu sabia por que era engraçado. Eu perguntei. É porque *fechou-se*, aqui, tem três significados, que são **1)** ficar dentro de alguma coisa ou coberto por alguma coisa; **2)** ficar aborrecido ou preocupado, e **3)** algo que se pode abrir ou fechar; e o significado **1** refere-se tanto ao rosto quando às cortinas, o significado **2** refere-se somente ao rosto, e o significado **3** refere-se somente às cortinas.

Se eu tento contar a piada sozinho, fazendo a palavra significar as três coisas diferentes ao mesmo tempo, é como ouvir três diferentes trechos de uma música ao mesmo tempo, o que é incômodo e confuso e não é agradável como é um chiado. É como três pessoas tentando conversar com você três coisas diferentes ao mesmo tempo.

E por isto não há piadas neste livro.

17

O policial examinou-me por um tempo sem falar nada. Então, ele disse:

— Estou prendendo você por agredir um policial.

Isto fez eu me sentir bastante calmo porque é o que os policiais dizem na televisão e nos filmes. Então ele disse:

— Aconselho seriamente você a entrar no banco de trás daquele carro de polícia ali, porque se você fizer qualquer outra macaquice dessas, seu merdinha, vou perder a paciência de verdade. Está entendido?

Caminhei em direção ao carro de polícia que estava estacionado bem junto do portão. Ele abriu a porta de trás e eu entrei. Ele sentou-se no lugar do motorista e fez uma chamada no seu rádio para a policial, que ainda estava dentro da casa.

Ele disse:

— O malandrinho aqui acabou de me fazer uma gracinha, Kate. Você pode ficar com a senhora S, enquanto levo ele até o distrito? Vou pedir ao Tony para dar uma passada e pegar você.

Ela disse:

— Certo. Me encontro com você mais tarde.

O policial disse:

— Tudo bem, então. — E nós partimos.

O carro da polícia cheirava a plástico quente, loção pós-barba e batatas fritas velhas.

Fiquei observando o céu enquanto íamos para o centro da cidade. Era uma noite clara e dava para ver a Via Láctea.

Algumas pessoas acham que a Via Láctea é uma longa linha

de estrelas, mas não é. Nossa galáxia é um gigantesco disco de estrelas com milhares de anos-luz de extensão, e o sistema solar fica em algum lugar perto da beirada do disco.

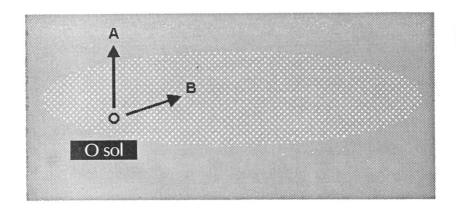

Quando a gente olha na direção A, a 90 graus do disco, não dá para ver muitas estrelas. Mas, quando olha na direção B, vê muito mais estrelas porque está olhando para o corpo principal da galáxia e, como a galáxia é um disco, a gente vê uma listra de estrelas.

E então fiquei lembrando que, por muito tempo, os cientistas ficaram intrigados pelo fato de o céu ser escuro à noite, apesar de haver bilhões de estrelas no universo e de necessariamente ter estrelas em todas as direções para as quais a gente olha. Assim, o céu deveria estar totalmente iluminado pelas estrelas, porque tem muito pouca coisa no caminho para bloquear a luz que alcança a Terra.

Então, eles compreenderam que o universo está se expandindo, que as estrelas estão todas se afastando muito depressa umas das outras, por causa do Big Bang, e quanto mais longe as estrelas estão, mais rápido se movem, algumas delas quase tão rápido quanto a velocidade da luz, que é a razão da luz delas nunca nos alcançar.

Eu gosto que seja assim. É algo que dá para entender dentro da cabeça da gente, apenas olhando o céu lá em cima, à noite, e raciocinando, sem ter de perguntar a ninguém.

E quando o universo acabar explodindo, todas as estrelas diminuirão a velocidade, como uma bola que foi arremessada para o ar, e elas farão uma parada e começarão a cair em direção ao centro do universo novamente. E então nada nos impedirá de ver todas as estrelas do mundo porque estarão se movendo na nossa direção, cada vez mais e mais rápido, e vamos saber que o mundo vai estar chegando ao fim, e que vai ser logo, porque quando a gente olhar para o céu à noite não haverá escuridão, apenas a luz flamejante de bilhões e bilhões de estrelas, todas caindo.

Mas ninguém vai ver nada disso, porque não vai haver mais ninguém na Terra para assistir. Provavelmente, as pessoas estarão extintas até lá. E mesmo se ainda existirem pessoas, não poderão ver o espetáculo porque a luz vai ser tão brilhante e tão quente que elas serão queimadas até a morte, mesmo que estejam vivendo em túneis.

19

Geralmente, a gente dá aos capítulos dos livros números cardinais **1, 2, 3, 4, 5, 6** e assim por diante. Mas, resolvi dar a meus capítulos números primos **2, 3, 5, 7, 11, 13** e assim por diante porque gosto de números primos.

É assim que você vai entender o que são números primos. Primeiro, você escreve todos os números positivos do mundo.

1	2	3	4	5	6	7	8	9	10
11	12	13	14	15	16	17	18	19	20
21	22	23	24	25	26	27	28	29	30
31	32	33	34	35	36	37	38	39	40
41	42	43	44	45	46	47	48	49	etc.

Então você retira todos os números que são múltiplos de 2. Então você retira todos os números que são múltiplos de 3. Então você retira todos os números que são múltiplos de 4, 5, 6, 7 e assim por diante. Os números que sobram são os números primos.

	2	3		5		7			
11		13				17		19	
		23						29	
31						37			
41		43				47			etc.

A regra para você extrair os números primos é realmente muito simples, mas ninguém ainda inventou uma fórmula simples para dizer a você se um número muito grande é um número primo ou qual será o número primo a seguir. Se um número é muito, muito grande, um computador pode levar anos para descobrir se é um número primo.

Números primos são úteis para escrever códigos e nos EUA eles são considerados como Material Militar Secreto e se você descobre um com mais de cem dígitos você tem de contar à CIA e eles o compram de você por 10 mil dólares. Mas nem por isso é uma boa forma de ganhar a vida.

Números primos são o que resta quando você já jogou fora todos os seus semelhantes. Acho que números primos são como a vida. Eles são muito lógicos, mas a gente nunca descobre quais são as regras, mesmo se passar o tempo todo pensando nelas.

Quando cheguei no distrito policial, me fizeram tirar os cadarços dos meus sapatos e esvaziar meus bolsos na mesa da entrada, para o caso de eu ter alguma coisa neles que pudesse usar para me matar ou fugir ou atacar um policial.

O sargento atrás da mesa tinha mãos muito cabeludas e tinha roído tanto as unhas que elas tinham sangrado.

Isto é o que eu tinha nos meus bolsos:

1. Um canivete do exército suíço com 13 acessórios, incluindo um descascador de fios, uma faca serrada, um palito e pinças.

2. Um pedaço de barbante.

3. Um pedaço de armação de madeira que parecia com isto

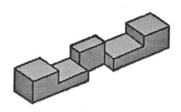

4. Três pelotinhas de comida de rato para o Toby, meu rato.

5. Em dinheiro, 1 libra e 47 pences (composto de uma moeda de 1 libra, uma de 20 pences, duas de 10 pences, uma de 5 e outra de 2).

6. Um clipe vermelho.

7. A chave da minha porta da frente.

Eu estava usando meu relógio e eles queriam que eu o deixasse na mesa, mas disse que precisava ficar com meu relógio porque precisava saber exatamente que horas eram o tempo todo. E quando eles tentaram tirá-lo de mim, eu gritei, e eles deixaram o relógio comigo.

Eles me perguntaram se eu tinha família. Eu disse que sim. Eles me perguntaram quem era minha família. Eu disse que tinha o Pai, mas a Mãe tinha morrido. E eu disse que tinha também o tio Terry, mas que ele estava em Sunderland e que ele era o irmão do Pai, e tinha meus avós também, mas três deles estavam mortos e a avó Burton estava em casa porque ela sofria de demência senil e achava que eu era alguém da televisão.

Então eles me perguntaram o número do telefone do Pai.

Eu disse a eles que o Pai tinha dois números, um de casa e outro que era de um celular e eu dei os dois.

A cela da polícia era legal. Era quase um cubo perfeito, 2 metros de comprimento por 2 metros de largura por 2 metros de altura. Continha aproximadamente 8 metros cúbicos de ar. Havia uma pequena janela com barras e, no lado oposto, uma porta de metal com uma comprida e estreita portinhola junto ao chão, para passar bandejas de comida para dentro da cela e uma portinhola mais alta, de correr, para o policial poder olhar e checar se os prisioneiros tinham escapado ou cometido suicídio. Havia também um banco acolchoado.

Eu estava me perguntando como é que eu ia escapar, se estivesse numa história. Seria difícil porque as únicas coisas que eu tinha eram minhas roupas e meus sapatos, que não tinham mais os cadarços.

Resolvi que o melhor plano era esperar por um dia de sol brilhante e então usar meus óculos para focalizar a luz do sol em um pedaço de minha roupa e botar fogo nela. E, então, eu poderia escapar quando vissem a fumaça e me tirassem da cela. E, se eles não vissem a fumaça, eu poderia então mijar nas roupas e apagar o fogo.

Fiquei me perguntando se a senhora Shears teria dito à polícia que eu é que tinha matado Wellington e se, quando a polícia descobrisse que tinha mentido, ela iria para a prisão. Porque contar mentiras sobre pessoas é considerado *calúnia*.

29

Acho as pessoas complicadas.

Por duas razões principais.

A primeira razão principal é que as pessoas conversam um bocado sem usar qualquer palavra. Siobhan diz que quando alguém levanta uma sobrancelha, pode significar muitas coisas diferentes. Pode significar: "Quero fazer sexo com você" e pode também significar "Acho muito estúpido o que você acabou de dizer".

Siobhan também diz que se você fecha sua boca e respira ruidosamente pelo nariz, pode significar que você está relaxado, ou que você está aborrecido, ou que você está triste e tudo depende de quanto ar sai do seu nariz e com que rapidez, e qual é o formato da sua boca quando você faz isto, e do jeito como você está sentado e do que você disse exatamente antes e de centenas de outras coisas que são também complicadas demais para decifrar em poucos segundos.

A segunda principal razão é que as pessoas sempre conversam usando metáforas. Aqui estão alguns exemplos de metáforas

Morri de rir.
Ela era a menina dos seus olhos.
Eles saíram do armário.
Tivemos um dia de cão.
O cachorro bateu as botas.

A palavra metáfora significa transportar alguma coisa de um lugar para outro e vem da palavra grega μετα (que significa *de um lugar para outro)* e φερειν (que significa *transportar*) e se usa para descrever alguma coisa pegando uma palavra que não é para aquela coisa. Isso quer dizer que a palavra metáfora é uma metáfora.

Acho que isso deveria ser considerado uma mentira porque um cachorro não é como um dia e também não usa botas. E quando tento fazer uma imagem da frase na minha cabeça, isso me confunde todo porque imaginar uma menina dentro dos olhos de alguém não tem nada a ver com gostar muito de alguém e isso acaba me fazendo esquecer sobre o que a pessoa estava falando. Meu nome é uma metáfora. Significa transportar o Cristo e vem da palavra grega χριστοζ (que significa *Jesus Cristo*) e φερειν, e foi o nome dado a São Cristóvão porque ele transportou Cristo para atravessar o rio.

Isto faz a gente imaginar como ele era chamado antes de carregar Cristo para atravessar o rio. Mas ele não era chamado de nada porque essa história é apócrifa, o que significa que também é uma mentira.

A Mãe costumava dizer que tudo isso significava que Christopher era um nome bonito porque era uma história sobre uma criatura bondosa e prestativa, mas eu não quero que meu nome signifique uma história sobre uma criatura bondosa e prestativa. Eu quero que meu nome signifique eu.

31

Era 1h12min da madrugada quando o Pai chegou ao distrito policial. Eu só o vi à 1h28min, mas sabia que ele estava lá porque eu podia ouvi-lo.

Ele estava gritando:

— Quero ver meu filho! — e... — Por que, diabos, ele está preso? — e... — É claro que estou irritado, porra!

Então, escutei um policial dizendo a ele para se acalmar. Então não escutei mais nada por um bom tempo.

À 1h28min da madrugada, um policial abriu a porta da cela e me disse que alguém queria me ver.

Saí da cela. O Pai estava em pé, no corredor. Ele ergueu sua mão direita e separou os dedos como num leque. Eu ergui minha mão esquerda e separei meus dedos como num leque e fizemos nossos dedos e polegares se tocarem. A gente faz isso porque tem vezes que o Pai quer me dar um abraço, mas não gosto de abraçar pessoas, então nós fazemos isso, e isso significa que ele me ama.

Então, o policial nos disse para segui-lo pelo corredor para uma outra sala. Na sala, havia uma mesa e três cadeiras. Ele disse para a gente se sentar numa extremidade da mesa e sentou-se do outro lado. Havia um gravador na mesa e eu perguntei se eu iria ser interrogado e se ele ia gravar o interrogatório.

Ele disse:

— Acho que não há nenhuma necessidade disto.

Ele era um inspetor. Eu soube disso porque ele não estava usando uniforme. Ele também tinha um nariz bastante cabeludo.

Parecia que ele tinha dois pequenos camundongos escondidos em suas narinas.[2]

Ele disse:

— Eu estava falando com seu pai e ele me disse que você não teve a intenção de bater no policial.

Eu não disse nada porque isso não foi uma pergunta.

Ele disse:

— Você bateu no policial de propósito?

Eu disse:

— Sím.

Ele contraiu seu rosto e disse:

— Mas você não pretendia machucar o policial, pretendia?

Eu pensei sobre isto e disse:

— Não. Eu não queria machucar o policial. Eu só queria que ele parasse de me tocar.

Então ele disse:

— Você sabe que é errado bater num policial, não sabe?

Eu disse:

— Sei, sim.

Ele ficou quieto por alguns segundos, então perguntou:

— Você matou o cachorro, Christopher?

Eu respondi:

— Eu não matei o cachorro.

Ele disse:

— Você sabe que é errado mentir para um policial e que você pode ficar numa situação muito difícil se fizer isso?

Eu respondi:

---

[2] Isto não é uma *metáfora*, é uma comparação, que significa que realmente parecia que ele tinha dois pequenos camundongos escondidos em suas narinas, e se você fizer uma imagem em sua cabeça de um homem com dois pequenos camundongos em suas narinas, vai saber como o inspetor parecia.

— Sei.

Ele disse:

— Então, você sabe quem matou o cachorro?

Eu respondi:

— Não.

Ele perguntou:

— Você está dizendo a verdade?

Eu disse:

— Sim, eu sempre digo a verdade.

E ele disse:

— Certo. Vou lhe dar uma advertência, então.

Eu perguntei:

— Vai ser um pedaço de papel, como um diploma, que eu vou poder guardar?

Ele respondeu:

— Não, uma advertência significa que nós vamos deixar registrado aqui que você agrediu um policial, mas que foi um acidente e que você não pretendia machucá-lo.

Eu disse:

— Mas não foi um acidente.

E o Pai disse:

— Christopher, por favor.

O policial fechou sua boca, respirou ruidosamente pelo nariz e disse:

— Se você se meter em mais alguma confusão, nós vamos ver na sua ficha que você já recebeu uma advertência e então conduziremos as coisas muito mais seriamente. Você entende o que eu estou dizendo?

Eu disse que tinha entendido.

Então ele disse que nós podíamos ir. Ele levantou-se, abriu a porta e nós descemos pelo corredor e paramos em frente à mesa de entrada, onde peguei de volta meu canivete do exército suíço, meu pedaço de barbante, a peça de quebra-cabeça de madeira, minhas três pelotinhas de comida de rato para o Toby, meus 1 libra e 47 pences, o clipe e a chave da porta da frente da minha casa, que estavam dentro de um pequeno saco de plástico, e fomos para o carro do Pai, que estava estacionado do lado de fora, e seguimos para casa.

37

Eu não conto mentiras. A Mãe costumava dizer que eu agia assim porque eu era uma boa pessoa. Mas não é porque eu sou uma boa pessoa. É porque eu não consigo dizer mentiras. A Mãe era uma pessoa pequena que cheirava muito gostoso. E tinha vezes que ela usava um casaco de lã com um zíper na frente, que era rosa e tinha uma etiqueta pequena que dizia **Berghaus** no seio esquerdo.

Uma mentira é quando você diz que aconteceu uma coisa que não aconteceu. Mas há somente uma coisa que acontece num momento específico e num lugar específico. E há um número infinito de coisas que não aconteceram naquele momento e naquele lugar. E se eu penso sobre alguma coisa que não aconteceu, começo a pensar sobre todas as outras coisas que não aconteceram.

Por exemplo, esta manhã, no desjejum, comi uma barra de cereais com chocolate e tomei um copo de leite quente batido com framboesa. Mas se eu dissesse que, em vez disso, tinha comido *brownies* e tomado uma caneca de chá,[3] ia começar a pensar em energético de água de coco, limonada, mingau, diversos tipos de refrigerante e que eu não estava tomando meu café da manhã no Egito e que não há um rinoceronte na sala e que o Pai não estava usando um traje de mergulho e por aí vai, e só de escrever isso me faz sentir uma tremedeira, me dá medo, como quando estou em pé no topo de um edifício muito alto e há centenas de casas, carros e pessoas abaixo de mim e minha cabeça está tão cheia de todas estas coisas que eu fico com medo de es-

---

[3] Mas eu não como *brownies* nem tomo chá porque são ambos marrons.

quecer de ficar bem ereto, de pé, e de ir me debruçando no parapeito, e de cair e morrer.

Esta é outra razão porque não gosto dos romances, daqueles mais sérios, porque eles são mentiras sobre coisas que não acontecem, e me confundem, e eu fico assustado.

Por isso é que todas as coisas que eu escrevo são verdadeiras.

41

Havia nuvens no céu, na volta para casa, e não pude enxergar a Via Láctea.

Eu disse:

— Eu sinto muito...

... porque o Pai teve de ir ao distrito policial, que era uma coisa ruim.

Ele disse:

— Tudo bem.

Eu disse:

— Eu não matei o cachorro.

E ele respondeu:

— Eu sei.

Então, ele disse:

— Christopher, você não deve se meter em encrencas, certo?

Eu respondi:

— Eu não sabia que ia me meter em encrenca. Eu gosto do Wellington e fui dizer *oi* para ele, mas não sabia que alguém o tinha matado.

O Pai disse:

— Pelo menos tente manter seu nariz fora dos problemas dos outros.

Eu pensei um pouco e disse:

— Vou descobrir quem matou o Wellington.

E o Pai disse:

— Você escutou o que eu disse, Christopher?

Eu disse:

— Escutei. Eu estava escutando você. Mas, quando alguém é

assassinado, a gente tem de descobrir quem fez isto, para o assassino ser punido.

Então, ele disse:

— Christopher! Era só uma porcaria de um cachorro. Uma porcaria de um cachorro.

Eu repliquei:

— Eu acho que cachorros também são importantes.

Ele disse:

— Deixa isso pra lá.

E eu respondi:

— Mas será que a polícia vai descobrir quem matou o cachorro e vai prender a pessoa?

Então, o Pai deu uns socos no volante, e o carro desviou-se um pouco, passando da linha pontilhada que divide a estrada, e então ele berrou:

— Estou dizendo para você deixar isso para lá, pelo amor de Deus.

Eu vi que ele estava irritado, porque estava gritando, e eu não queria deixá-lo irritado, assim eu não disse mais nada até chegarmos em casa.

Depois que atravessamos a porta da frente de casa, fui para a cozinha e peguei uma cenoura para o Toby. Subi as escadas, fechei a porta do meu quarto, soltei o Toby e lhe dei a cenoura. Então, liguei o meu computador, joguei 76 partidas do Campo Minado na versão mais avançada em 102 segundos, que era só 3 segundos mais do que meu melhor tempo, que era de 99 segundos.

Às 2h7min da madrugada, decidi tomar um refresco de laranja antes de escovar meus dentes e ir para cama, então desci as escadas até a cozinha. O Pai estava sentado no sofá vendo um jogo de sinuca na tevê e bebendo uísque. Havia lágrimas descendo de seus olhos.

Eu perguntei:

— Você está triste por causa do Wellington?

Ele ficou olhando para mim por algum tempo, respirou fundo pelo nariz, então disse:

— Estou, Christopher. Acho que é isso. Acho que é isso mesmo.

Decidi deixá-lo sozinho porque, quando estou triste, quero ser deixado sozinho. Então, não disse mais nada. Apenas fui para a cozinha, fiz meu refresco de laranja e subi as escadas para o meu quarto.

43

Faz dois anos que a Mãe morreu.

Um dia, voltando da escola para casa, ninguém atendeu a porta. Então, peguei a chave secreta que guardamos debaixo de um vaso de flores atrás da porta da cozinha. Entrei em casa e fui trabalhar no modelo de tanque Airfix Sheran que estava montando.

Uma hora e meia mais tarde, o Pai chegou em casa do trabalho. Ele dirige um negócio e faz manutenção de aquecedores e de calefação, e conserta bóileres com um homem chamado Rhodri, que é seu empregado. Ele bateu na porta do meu quarto, abriu-a e perguntou se eu tinha visto a Mãe.

Eu disse que não a tinha visto. Ele desceu as escadas e começou a dar alguns telefonemas. Eu não escutei o que ele estava dizendo.

Então, ele subiu ao meu quarto, disse que sairia por algum tempo e que não tinha certeza de quanto tempo seria. Ele disse que, se eu precisasse de alguma coisa, poderia ligar para o seu celular.

Ele ficou fora por duas horas e meia. Quando voltou, desci as escadas. Ele estava sentado na cozinha, olhando para fora, através da janela, olhando o jardim com o lago artificial, a cerca de ferro e o topo da torre da igreja em Manstead Street, que parece um castelo porque é normando.

O Pai disse:

— Sabe, você não vai ver sua mãe por algum tempo.

Ele não estava olhando para mim quando disse isso. Continuou a olhar através da janela.

Geralmente, as pessoas olham para você quando estão conversando com você. Sei que as pessoas ficam imaginando o que eu estou pensando, mas eu não sei dizer o que elas estão pensando. É como estar num quarto com um daqueles espelhos que dá para ver através deles mas do outro lado não enxergam a gente, como nos filmes de espionagem. Só que isso era legal, ter o Pai falando comigo sem olhar para mim.

Eu perguntei:

— Por que não?

Ele ficou calado por um longo tempo, então disse:

— Sua mãe teve de ir para um hospital.

— Nós podemos visitá-la? — eu perguntei, porque gosto de hospitais, gosto dos uniformes e das máquinas.

O Pai disse:

— Não.

Eu insisti:

— Por que não?

E ele disse:

— Ela precisa descansar. Ela precisa ficar sozinha.

Eu perguntei:

— É um hospital psiquiátrico?

E o Pai disse:

— Não. É um hospital comum. Ela está com um problema... um problema no coração.

Eu disse:

— Nós precisamos levar comida para ela, — porque sei que a comida no hospital não é muito boa. David, lá da escola, foi para o hospital fazer uma operação no joelho para tornar o músculo da panturrilha mais longo para ele poder andar melhor. E ele odiou a comida, então sua mãe costumava levar as refeições para ele todos os dias.

O Pai ficou mais um tempo calado, depois disse:

— Eu posso levar alguma coisa para ela amanhã, quando você estiver na escola, então entrego aos médicos e eles a darão para sua mãe, está bem?

Eu disse:

— Mas você não sabe cozinhar.

O Pai cobriu o rosto com as mãos e disse:

— Christopher... Olhe... Eu vou comprar comida pronta do Marks and Spencer's e levo até lá. Ela gosta...

Eu disse que ia fazer para ela uma cartão desejando *melhoras*, porque é o que a gente faz para as pessoas que estão no hospital.

O Pai disse que levaria o cartão para ela no dia seguinte.

47

Na manhã seguinte, no ônibus indo para a escola, passamos por quatro carros vermelhos um em seguida do outro, o que significa que ia ser um **Dia Bom**, então decidi não ficar triste por causa do Wellington.

O senhor Jeavons, o psicólogo da escola, uma vez me perguntou porque quatro carros vermelhos seguidos significavam um **Dia Bom**, e três carros vermelhos significavam um **Dia Muito Bom**, e cinco carros vermelhos significavam um **Dia Superbom**, e porque quatro carros amarelos em seqüência significavam um **Dia Ruim**, que era um dia que eu não falava com ninguém e ficava sentado lendo meus livros, não comia meu almoço e *Não Me Arriscava*. Ele disse que eu era, como todos sabiam, uma pessoa muito lógica, então ele estava surpreso que eu pensasse assim, porque não era muito lógico.

Eu respondi que gostava que as coisas ficassem numa ordem perfeita. E uma maneira das coisas ficarem numa ordem perfeita era essa ordem ser lógica. Especialmente se aquelas coisas fossem números ou uma discussão. Mas havia outras maneiras de colocar coisas numa ordem perfeita. E era por isto que eu tinha **Dias Bons** e **Dias Ruins**. E eu disse que tem pessoas que trabalham em escritórios, que saem de suas casas de manhã e vêem que o sol está brilhando e isso as faz se sentirem felizes, ou então vêem que está chovendo e isso as faz se sentirem tristes, mas a única diferença é o tempo que está fazendo e, se elas trabalham num escritório, pode fazer qualquer tempo e isso não tem nada a ver com o fato de ter um dia bom ou um dia mau.

Eu disse que quando o Pai se levanta de manhã, sempre põe suas calças antes de colocar as meias, e isso não era lógico, mas ele sempre faz desse jeito, porque também gosta das coisas numa ordem perfeita. E também, quando ele vai para o andar de cima, sempre sobe os degraus das escadas de dois em dois e sempre começando com o seu pé direito.

O senhor Jeavons disse que eu era um garoto muito inteligente.

Eu disse que não era inteligente. Estava só reparando como são as coisas e isso não é ser inteligente. É apenas ser observador. Ser inteligente é quando você vê como as coisas são e usa isso para fazer uma coisa nova. Como a expansão do universo, ou descobrir quem cometeu um assassinato. Ou se você vê o nome de alguém e dá a cada letra um valor de 1 a 26 (**a = 1, b = 2** etc.), depois você soma os números em sua cabeça e descobre que isso dá um número primo, como **Jesus Christ** (151), ou **Scooby Doo** (113), ou **Sherlock Holmes** (163), ou **Doctor Watson** (167).

O senhor Jeavons me perguntou se isto me fazia sentir seguro, tendo as coisas numa ordem perfeita, e eu disse que sim.

Então ele me perguntou se eu não gostava quando as coisas mudavam. E eu disse que não me importava que as coisas mudassem, por exemplo, se eu virasse um astronauta, que é uma das maiores mudanças que a gente pode imaginar, exceto virar uma menina ou morrer.

Ele me perguntou se eu queria ser um astronauta e eu disse que sim.

Ele disse que era muito difícil virar um astronauta. Eu disse que eu sabia disso. Você tem de se tornar um oficial da Força Aérea e tem de receber muitas ordens e estar preparado para matar outros seres humanos, e eu não consigo receber ordens. Além disso, não tenho uma visão 20/20, que é necessária para ser um piloto. Mas eu disse que a gente sempre podia querer uma coisa mesmo sendo muito improvável de acontecer.

Terry, o irmão mais velho da Francis, que está na escola, disse que só vou conseguir um emprego se for de recolhedor de carrinhos de supermercados ou de catador de merda de jumentos em uma reserva animal e que não iam deixar espásticos dirigirem foguetes que custam bilhões de libras. Quando eu contei isto para o Pai, ele disse que o Terry tinha inveja de eu ser mais inteligente do que ele. O que é uma coisa estúpida com que se preocupar porque nós não estávamos numa competição. Mas Terry é estúpido, assim *quod erat demonstrandum*, que é latim e quer dizer *como estava sendo comprovado*, que significa *Assim fica comprovado*.

Não sou um espástico, que significa *espasmódico*, não como a Francis, que é uma espástica, e ainda que não seja provável que eu me torne um astronauta, vou para a universidade estudar Matemática, ou Física, ou Física e Matemática (que é uma *Joint Honour School*), porque gosto de matemática e de física e sou muito bom nas duas matérias. Mas Terry não irá à universidade. O Pai diz que é mais provável que Terry termine numa prisão.

Terry tem uma tatuagem em seu braço, um coração atravessado por uma faca.

Mas isto é o que se chama de digressão, e agora voltarei ao fato de que era um Dia Bom.

Já que era um Dia Bom, decidi que ia tentar descobrir, e que descobriria, quem matou Wellington, porque um Dia Bom é um dia para projetos e para planejamentos.

Quando disse isso para a Siobhan, ela observou:

— Bem, nós íamos escrever histórias hoje. Então, por que você não escreve sobre ter encontrado Wellington morto e a ida ao distrito policial.

E foi quando comecei a escrever sobre isto.

E Siobhan disse que podia me ajudar com a ortografia, a gramática e as notas de pé de página.

A Mãe morreu duas semanas mais tarde. Eu não fui ao hospital para vê-la, mas o Pai tinha levado para ela muita comida do Marks and Spencer's. Ele disse que ela estava bem e parecia estar melhorando. Ela tinha me mandado muito carinho e tinha posto meu cartão de *melhoras* na mesa ao lado de sua cama. O Pai disse que ela tinha gostado muito do cartão. O cartão tinha figuras de carros na frente. Mais ou menos assim:

Eu o fiz com a senhora Peters que ensina arte na escola, e era um linóleo cortado, que é quando você desenha uma figura num pedaço de linóleo e a senhora Peters corta ao redor da figura com uma faca Stanley e então você põe tinta no linóleo e o pressiona no papel, e é por isso que todos os carros são iguais, porque eu fiz um carro e o pressionei no papel 9 vezes. E foi idéia da senhora Peters fazer muitos carros, e eu gostei. E colori todos os carros com a cor vermelha para fazer um **Super Super Dia Bom** para a Mãe.

O Pai disse que ela morreu de um ataque do coração e que isso não era esperado.

Eu perguntei:

— Que tipo de ataque do coração? — porque eu estava surpreso.

A Mãe tinha apenas 38 anos e ataques do coração geralmente acontecem com pessoas mais velhas, e a Mãe era muito ativa, andava de bicicleta e comia comida saudável com muita fibra e baixa gordura saturada como frango, verduras e cereais.

O Pai disse que não sabia que tipo de ataque do coração ela teve e agora não era o momento de fazer perguntas como esta.

Eu disse que provavelmente tinha sido um aneurisma.

Um ataque do coração é quando alguns dos músculos do coração param de receber sangue e morrem. Há dois tipos mais comuns de ataque do coração. O primeiro é uma embolia, que é quando coágulos de sangue bloqueiam um dos vasos sanguíneos que levam sangue para os músculos do coração. E você pode evitar isso tomando aspirina e comendo peixe. E essa é a razão, aliás, porque os esquimós não têm este tipo de ataque do coração, porque eles comem peixe e peixe interrompe a coagulação sanguínea, mas se eles sofrem um corte muito profundo, podem sangrar até a morte.

Mas um aneurisma é quando um vaso sanguíneo se rompe e o sangue não consegue chegar aos músculos do coração porque está vazando. E algumas pessoas têm aneurisma exatamente porque há um pedaço fraco em seus vasos sanguíneos, como a senhora Hardisty, que morava no número 72 em nossa rua, que tinha um pedaço fraco nos vasos sanguíneos de seu pescoço e morreu só porque virou sua cabeça para dar ré em seu carro num estacionamento.

Por outro lado, podia ter sido uma embolia, porque o sangue coagula mais facilmente quando você está deitado por muito tempo, como quando você está num hospital.

O Pai disse:

— Eu sinto muito, Christopher, eu realmente sinto muito...

Mas não era culpa dele.

Então a senhora Shears veio e fez o jantar para nós. E ela estava usando sandálias, jeans e uma camiseta com as palavras **WINDSURF, CORFU** e a imagem de um *windsurfista*.

O Pai estava sentado, ela estava em pé junto a ele e apertou a cabeça dele contra seu peito e disse:

— Venha, Ed. Nós vamos superar isso tudo...

E então ela fez espaguete com molho de tomate para nós.

E depois do jantar ela jogou Scrabble comigo e eu a venci por 247 pontos contra 134.

59

Decidi que iria descobrir quem matou o Wellington apesar do Pai ter me dito para não me meter nos problemas dos outros.

Isso é porque nem sempre faço o que me mandam fazer. E isso é porque quando as pessoas dizem a você o que é para fazer, geralmente é confuso e não faz sentido.

Por exemplo, as pessoas vivem dizendo: "Fique quieto", mas elas não dizem por quanto tempo é para ficar quieto. Ou você vê uma placa que diz "**NÃO PISE NA GRAMA**", mas deveria dizer "**NÃO PISE NA GRAMA AO REDOR DA PLACA**" ou "**NÃO PISE NA GRAMA DO PARQUE**", porque tem sempre um bocado de grama na qual se pode andar.

Além disso, as pessoas rompem as regras o tempo todo. Por exemplo, o Pai sempre dirige a mais de 50 quilômetros por hora em lugares onde a velocidade máxima é de 50 quilômetros por hora, e tem vezes que ele dirige depois de beber e vive guiando seu furgão sem colocar o cinto de segurança. A Bíblia diz *Não matarás*, mas houve as Cruzadas, as duas guerras mundiais, a Guerra do Golfo, e havia cristãos matando pessoas em todos essas guerras.

Além do mais, não sei o que o Pai quer dizer quando fala: "Não se meta nos problemas dos outros", porque não sei o que ele quer dizer com "problemas dos outros", porque vivo fazendo coisas junto com outras pessoas, na escola, na loja, no ônibus, e o trabalho dele é ir nas casas de outras pessoas e consertar seus bóileres e seus aquecedores. E todas estas coisas são problemas de outras pessoas.

Siobhan entende. Quando ela me diz para não fazer uma coisa, ela me diz exatamente o que eu não devo fazer. E eu gosto disso.

Por exemplo, ela uma vez disse:

— Você nunca deve dar um soco em Sarah nem machucá-la seja como for, Christopher. Mesmo se ela machucar você primeiro. Se ela machucar você de novo, afaste-se, agüente firme e conte de 1 a 50, então venha aqui e me diga o que ela fez, ou conte a um dos outros membros da equipe.

Ou, por exemplo, como ela disse uma vez:

— Se você quiser brincar nos balanços e já houver gente neles, você nunca deve empurrá-los para fora. Você deve pedir a eles para brincar um pouco. E então você deve esperar até que eles tenham terminado.

Mas quando outras pessoas dizem o que você não pode fazer, elas não fazem assim. Assim, decido por mim mesmo o que vou fazer e o que não vou fazer.

No final da tarde, fui até a casa da senhora Shears, bati na sua porta e esperei que ela atendesse.

Quando ela abriu a porta, estava segurando uma caneca de chá. Ela estava usando chinelos de couro e estava vendo um programa de perguntas na tevê, porque havia uma televisão ligada lá dentro e eu podia escutar alguém dizendo: "A capital da Venezuela é... a) Maracas, b) Caracas, c) Bogotá ou d) Georgetown"... Eu sabia que era Caracas.

Ela disse:

— Christopher, eu realmente não sei se neste momento estou com vontade de ver você...

Eu disse:

— Eu não matei Wellington.

E ela perguntou:

— O que você está fazendo aqui?

Eu disse:

— Eu quis vir e dizer a você que não matei o Wellington. E também que eu quero descobrir quem matou ele.

Um pouco do seu chá derramou no tapete.

Eu continuei:

— Você sabe quem matou Wellington?

Ela não respondeu minha pergunta. Ela só disse:

— Adeus, Christopher —, e fechou a porta.

Então decidi fazer um pouco de trabalho de detetive.

Dava para ver que ela estava me observando e esperando eu sair porque eu podia vê-la em pé, no vestíbulo, através do vidro fosco da sua porta da frente. Assim, desci pelo caminho e saí do jardim. Então, voltei e vi que ela não estava mais em pé no vestíbulo. Eu me certifiquei de que não havia ninguém me observando, pulei o muro e fui pela lateral da casa até o barracão do jardim dos fundos, onde ela guarda as ferramentas de jardinagem.

O barracão estava trancado com um cadeado e não pude entrar, assim, dei a volta até a janela na lateral do barracão. Então, dei muita sorte. Olhei através da janela e vi um forcado que parecia exatamente o mesmo que tinha atravessado o Wellington. Estava no banco perto da janela e alguém o havia limpado, porque não havia sangue nas pontas. Eu pude ver outras ferramentas, também, uma pá, um ancinho e uma daquelas tesouras grandes que as pessoas usam para cortar galhos que estão muito altos para serem alcançados. Todas as ferramentas tinham o mesmos cabo de plástico verde, que nem o forcado. Isto significava que o forcado pertencia à senhora Shears. Ou era uma *pista falsa*, que é uma pista que faz a gente chegar a uma conclusão errada, ou alguma coisa que parece uma pista, mas não é.

Fiquei me perguntando se a senhora Shears havia, ela própria, matado Wellington. Mas, se ela própria tivesse matado o Wellington, por que tinha saído de casa gritando "Mas que merda você fez com o meu cachorro"?

Achei que o mais provável era que a senhora Shears não houvesse matado Wellington. Mas quem quer que o tenha matado, provavelmente matou-o com o forcado da senhora Shears. E o barracão estava trancado. Isto significava que fora alguém que tinha a chave do barracão da senhora Shears, ou que ela o tinha deixado destrancado, ou que ela tinha deixado o forcado largado no jardim.

Escutei um barulho, me virei e dei com a senhora Shears em pé, no gramado, olhando para mim.

Eu disse:

— Eu vim ver se o forcado estava no barracão.

E ela disse:

— Se você não for embora agora, vou chamar a polícia de novo.

Então fui embora.

Quando cheguei em casa, eu disse oi para o Pai, subi as escadas e dei comida ao Toby, meu rato, e me senti feliz porque estava sendo um detetive e descobrindo coisas.

61

A senhora Forbes, lá da escola, disse, quando a Mãe morreu, que ela tinha ido para o paraíso. Isso porque a senhora Forbes é muito velha e acredita em paraíso. Ela usa calças de *jogging* porque diz que são mais confortáveis do que calças normais. E uma das pernas é um pouquinho mais curta do que a outra devido a um acidente de automóvel.

Mas quando a Mãe morreu ela não foi para o paraíso porque o paraíso não existe.

O marido da senhora Peters é um vigário chamado reverendo Peters e tem vezes que ele vem para nossa escola para conversar conosco, e eu perguntei a ele onde era o paraíso e ele disse:

— Não está no nosso universo. É um outro tipo de lugar totalmente diferente daqui.

Tem vezes em que o reverendo Peters está pensando e faz um barulho engraçado com a língua, uns estalozinhos. E ele fuma cigarros, dá para sentir o cheiro no hálito dele, e não gosto disto.

Eu disse que não havia nada fora do universo e que não havia um outro lugar totalmente diferente do nosso. A não ser que fosse quando alguém entrasse num buraco negro, mas um buraco negro é o que é chamado de *singularidade*, que significa que é impossível descobrir o que está do outro lado porque a gravidade do buraco negro é tão grande que mesmo ondas eletromagnéticas como a luz não podem se livrar dele, e ondas eletromagnéticas são como conseguimos informações sobre coisas que estão muito distantes. E se o paraíso estivesse do outro lado de um buraco negro, as pessoas mortas teriam de ser lançadas ao espaço em foguetes para chegar lá, e isso não acontece porque senão todo mundo ia acabar sabendo.

Acho que as pessoas acreditam no paraíso porque não gostam de pensar que a gente pode morrer, porque querem continuar a viver e não gostam de pensar que outras pessoas vão entrar nas suas casas e jogar suas coisas no lixo.

O reverendo Peters disse:

— Bem, quando eu digo que fica fora do universo, é na verdade, uma maneira de falar. Creio que significa que eles estão com Deus.

E eu repliquei:

— Mas onde Deus está?

E o reverendo Peters disse que nós deveríamos conversar sobre isto num outro dia, quando ele tivesse mais tempo.

O que ocorre na realidade quando você morre é que seu cérebro pára de trabalhar e seu corpo apodrece, como aconteceu com o Coelho, quando ele morreu, e nós o enterramos na terra, nos fundos do jardim. E todas suas moléculas foram partidas em outras moléculas que se misturam à terra, são comidas por vermes e vão para as plantas, e se a gente cava no mesmo lugar, dez anos depois, não vai encontrar nada, exceto o esqueleto. E mil anos depois, o esqueleto também desaparece. Mas, tudo bem, sendo assim, porque agora ele é parte das flores, da macieira e dos arbustos.

Quando as pessoas morrem, às vezes, são colocadas em caixões, o que significa que elas não se misturam com a terra por bastante tempo, até a madeira do caixão apodrecer.

Mas a Mãe foi cremada. Isso significa que ela foi colocada num caixão e queimada e virou pó, e depois cinza e fumaça. Eu não sei o que acontece com a cinza e não pude perguntar no crematório porque não fui ao funeral. Mas a fumaça sai pela chaminé, entra no ar e tem vezes que eu procuro no céu e fico achando que há moléculas da Mãe lá em cima, ou nas nuvens sobre a África ou sobre a Antártica, ou caindo como chuva nas florestas tropicais do Brasil, ou como neve em algum lugar.

67

O dia seguinte era sábado e não há muito o que fazer num sábado a não ser quando o Pai me leva a algum lugar, num passeio de
barco pelo lago ou para o parque, no Centro, mas, neste sábado,
a Inglaterra estava jogando futebol com a Romênia, o que significava que não íamos passear porque o Pai queria ver o jogo na
televisão. Assim, decidi fazer mais trabalho de detetive por conta
própria.

Decidi que ia perguntar a outras pessoas que moram na nossa rua se elas tinham visto alguém matar o Wellington ou se
tinham visto alguma coisa estranha acontecendo na rua na
quinta à noite.

Conversar com estranhos não é uma coisa que eu costumo
fazer. Não gosto de conversar com estranhos. Não é por causa do
Perigoso Estranho, de quem falam na escola, que é um homem
estranho que oferece doces ou convida você para dar uma volta
no carro dele porque ele quer fazer sexo com você. Eu não me
preocupo com isso. Se um homem estranho me tocar, eu bato
nele, e eu consigo bater nas pessoas bem forte, de verdade. Por
exemplo, quando dei um soco em Sarah porque ela tinha puxado meu cabelo, eu a deixei inconsciente e ela teve uma concus-
são e a levaram para a Emergência no hospital. E, além disso, eu
sempre carrego meu canivete do exército suíço no bolso e ele tem
uma lâmina serrada que pode até cortar os dedos de um homem.

Não gosto de estranhos porque não gosto de pessoas que eu
nunca tenha encontrado antes. Elas são difíceis de entender. É
como estar na França, que é para onde fomos nas férias, algumas
vezes, quando a Mãe estava viva, para o acampamento. E odiei,

porque quando eu entrava numa loja ou num restaurante ou mesmo se eu fosse para a praia, não podia entender o que as pessoas diziam, e era assustador.

Levei muito tempo para me acostumar com pessoas que eu não conhecia. Por exemplo, quando há um novo membro na equipe da escola, fico sem conversar com ele por semanas e semanas. Fico apenas observando até saber que eles são seguros. Então, faço a eles perguntas sobre suas vidas, como, por exemplo, se têm animais e quais são suas cores favoritas e o que sabem sobre as missões Apollo no espaço, e daí consigo que eles desenhem uma planta de suas casas e pergunto a eles que carro dirigem, e é assim que eu consigo conhecê-los. Daí, não me importo mais quando estamos na mesma sala porque não tenho mais de ficar vigiando-os o tempo todo.

Assim, conversar com outras pessoas de nossa rua foi um ato de coragem. Mas se a gente quer fazer um trabalho de detetive, tem de ser corajoso, então não tive escolha.

Primeiro de tudo, fiz uma planta de nossa parte da rua que é chamada de rua Randolph, e ficou assim:

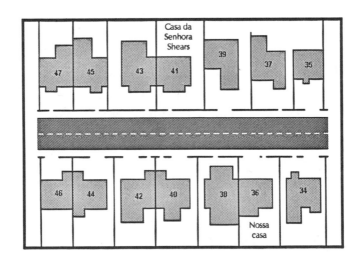

Daí, me assegurei de que estava com o canivete do exército suíço em meu bolso, saí e bati na porta do nº 40 que é a casa em frente da casa da senhora Shears, o que significa que eram as pessoas com mais probabilidade de ter visto alguma coisa. As pessoas que moram no nº 40 são os Thompson.

O senhor Thompson atendeu à porta. Ele estava usando uma camisa que dizia

Cerveja:
Ajudando as pessoas feias a
ter sexo há
2.000 anos.

O senhor Thompson disse:

— Em que posso ajudá-lo?

Eu disse:

— Você sabe quem matou Wellington?

Eu não estava olhando no rosto dele. Eu não gosto de olhar nos rostos das pessoas, principalmente se são estranhos. Ele ficou calado por alguns segundos.

Então, ele disse:

— Quem é você?

Eu respondi:

— Eu sou Christopher Boone, do nº 36 e conheço você. Você é o senhor Thompson.

Ele disse:

— Eu sou o irmão do Sr. Thompson.

Eu perguntei:

— Você sabe quem matou Wellington?

Ele respondeu:

— Mas quem é esse tal de Wellington, porra?

Eu disse:

— O cachorro da senhora Shears. A senhora Shears mora no nº 41.

Daí, ele perguntou:

— Alguém matou o cachorro dela?

Eu respondi:

— Com um forcado.

Ele exclamou:

— Deus do céu!

Eu acrescentei:

— Um forcado de jardim — para o caso de ele pensar que podia ser um daqueles de recolher feno em carroças no campo, ou algo assim. Daí, eu insisti:

— Você sabe quem matou ele?

E ele disse:

— Não tenho a menor idéia, porra.

Eu perguntei:

— Você viu algo suspeito na quinta-feira à noite?

Ele respondeu:

— Olhe, filho, você acha mesmo que devia sair por aí fazendo perguntas como esta?

E eu disse:

— Acho, porque eu quero descobrir quem matou Wellington e estou escrevendo um livro sobre isto.

E ele disse:

— Bem, eu estava em Colchester na quinta-feira, então você está perguntando ao sujeito errado.

Eu disse:

— Obrigado — e fui embora.

Ninguém veio abrir a porta do nº 42.

Eu tinha visto as pessoas que moram no nº 44, mas não sabia

os seus nomes. Eram negros, e eram um homem e uma senhora, com duas crianças, um menino e uma menina. A senhora atendeu à porta. Ela estava usando botas que pareciam botas de exército e havia cinco braceletes de metal prateado em seu pulso, que faziam um barulho irritante.

Ela disse:

— Você não é o Christopher?

Eu disse que era e perguntei se ela sabia quem havia matado Wellington. Ela sabia quem era Wellington, então eu não tive de explicar e ela tinha ouvido falar sobre o assassinato dele.

Eu perguntei se ela tinha visto alguma coisa suspeita na noite de quinta-feira que pudesse ser uma pista.

Ela perguntou:

— Como o quê?

E eu respondi:

— Como estranhos. Ou como o som de pessoas discutindo.

Mas ela disse que não tinha visto nem ouvido nada.

Então decidi fazer o que é chamado *Tentar um Caminho Diferente*, e perguntei se ela sabia de alguém que poderia querer que a senhora Shears ficasse triste.

E ela falou:

— Talvez você devesse conversar com seu pai sobre isto.

E expliquei que não poderia perguntar ao meu pai porque a investigação era secreta porque ele tinha me dito para não me meter nos problemas dos outros.

Ela disse:

— Bem, talvez ele tenha razão, Christopher.

E eu continuei:

— Então você não sabe de alguma coisa que possa ser uma pista?

E ela disse:

— Não — e disse mais: — Tenha cuidado, meu rapaz. Prometi que teria cuidado e então lhe agradeci por ter me ajudado respondendo às minhas perguntas, e fui para o número 43, que era a casa ao lado da casa de senhora Shears.

As pessoas que moravam no nº 43 eram o senhor Wise e a mãe do senhor Wise, que está numa cadeira de rodas, que é o motivo pelo qual ele mora com ela. Assim, ele pode levá-la às lojas e para passear por aí.

Foi o senhor Wise quem atendeu à porta. Ele cheirava muito a suor, e a biscoitos velhos e pipoca velha, que é como você cheira quando passa muito tempo sem tomar banho, como o Jason cheira na escola porque sua família é pobre.

Perguntei ao senhor Wise se ele sabia quem tinha matado Wellington na quinta à noite.

Ele disse:

— Que diabo! Os policiais estão cada vez mais jovens, não é?

Então ele riu. Não gosto de pessoas rindo de mim, então me virei e fui embora.

Não bati na porta de nº 38, que era a casa junto da nossa, porque as pessoas lá tomam drogas e o Pai disse que eu nunca deveria conversar com eles, então não fui lá. Eles tocam música alta à noite e me assustam, às vezes, quando esbarro com eles na rua. E não era realmente a casa deles.

Então, reparei que a senhora idosa que mora no nº 39, que fica ao lado da casa da senhora Shears, estava no seu jardim da frente, podando a sebe com um aparador elétrico. Seu nome era senhora Alexander. Ela tinha um cachorro. Era um dachshund, então provavelmente era uma boa pessoa porque gostava de cachorros. Mas o cachorro não estava no jardim com ela. Ele estava dentro de casa.

A senhora Alexander estava usando uma calça jeans e tênis, que é o que as pessoas mais velhas geralmente usam. E tinha lama nas calças. E os tênis eram New Balance. E os cordões eram vermelhos.

Eu fui até a senhora Alexander e perguntei:

— A senhora sabe alguma coisa sobre o assassinato do Wellington?

Então ela desligou seu aparador elétrico e disse:

— Receio que você tenha de repetir a pergunta. Sou um pouco surda.

Então perguntei de novo:

— A senhora sabe alguma coisa sobre o assassinato do Wellington?

E ela disse:

— Ouvi falar sobre isto ontem. Que coisa horrível. Que coisa horrível.

Eu perguntei:

— A senhora sabe quem o matou?

E ela respondeu:

— Não, eu não sei.

Eu repliquei:

— Alguém deve saber, porque a pessoa que matou o Wellington sabe que o matou. A não ser que seja louco e não soubesse o que estava fazendo, ou tenha amnésia.

E ela disse:

— Bem, acho que você deve estar certo.

Eu disse:

— Obrigado por me ajudar com a minha investigação.

E ela perguntou:

— Você não é o Christopher?

Eu respondi:

— Sou. Eu moro no número 36.

E ela disse.

— Nós já não conversamos antes?

Eu disse:

— Não, eu não converso com estranhos. Mas estou fazendo minha investigação, como detetive, agora.

E ela continuou:

— Vejo você todos os dias indo para a escola.

Eu não disse nada sobre isto.

E ela disse:

— É muito simpático da sua parte vir falar comigo.

Também não respondi a isso porque o que a senhora Alexander estava fazendo era o que é chamado de bate-papo, em que as pessoas dizem coisas para outras que não são perguntas e respostas e não estão relacionadas.

Então ela disse:

— Mesmo que seja somente parte de seu trabalho de detetive.

E eu disse novamente:

— Obrigado.

Eu estava quase virando e andando quando ela falou:

— Eu tenho um neto da sua idade.

Eu tentei bater papo, e disse:

— Minha idade é de 15 anos, 3 meses e 3 dias.

E ela disse:

— Bem, quase da sua idade.

Então, nós não dissemos nada por alguns instantes, até que ela falou:

— Você não tem um cachorro, tem?

— Não.

— Mas você deve gostar de cachorros, não gosta?

— Eu tenho um rato.

— Um rato?

— Ele se chama Toby.

E ela exclamou:

— Oh!

— A maioria das pessoas não gosta de ratos porque acham que eles carregam doenças como a peste bubônica. Mas isto é somente porque eles vivem em esgotos e embarcam clandestinamente em navios vindo de países estrangeiros onde há doenças estranhas. Mas ratos são muito limpos. O Toby está sempre se lavando. E a gente não tem de levar ratos para passear. Eu deixo ele correr pelo meu quarto e assim ele faz algum exercício. Tem vezes que ele se senta no meu ombro ou se esconde na minha manga como se fosse uma toca. Mas ratos não vivem em tocas na natureza.

A senhora Alexander disse:

— Você não quer entrar para um chá?

E respondi:

— Eu não entro na casa de outras pessoas.

E ela disse:

— Quem sabe então se eu trouxesse alguma coisa cá para fora? Você gosta de refresco de limão?

— Eu só gosto de refresco de laranja.

E ela respondeu:

— Por sorte, eu tenho um pouco de refresco de laranja também. E que tal um Battenberg?

— Eu não sei, porque eu não sei o que é Battenberg.

— É um tipo de bolo. Tem quatro quadrados rosa e amarelos no meio e tem glace de marzipã ao redor, na beirada.

— É um bolo grande com uma seção quadrada no meio que é dividida em quadrados coloridos alternadamente de igual tamanho?

E ela disse:

— Sim, eu acho que você poderia descrevê-lo assim...

E eu disse:

— Eu acho que gostaria dos quadrados rosa, mas não dos quadrados amarelos porque não gosto de amarelo. E eu não sei o que é marzipã, então eu não sei se ia gostar disto.

— Receio que marzipã seja amarelo, também. Bem, em vez disso, talvez eu possa trazer alguns biscoitos. Você gosta de biscoitos?

— Sim. De alguns tipos de biscoitos.

— Bem, vou trazer alguns de cada tipo.

Então ela se virou e entrou na casa. Ela se movimentava muito devagar porque era uma senhora idosa, e ficou dentro da casa por mais de 6 minutos, e comecei a ficar nervoso porque não sabia o que ela estava fazendo dentro da casa. Eu não a conhecia suficiente para saber se ela estava me dizendo a verdade sobre trazer refresco de laranja e o tal bolo Battenberg. Daí, achei que ela poderia estar ligando para a polícia e que eu ia me meter em encrencas de novo, por causa da advertência.

Então fui embora.

Enquanto atravessava a rua, me bateu uma inspiração sobre quem poderia ter assassinado o Wellington. Eu estava formulando uma **Cadeia de Raciocínio** em minha cabeça que era assim:

1. Por que alguém mataria um cachorro?
   a. Porque odeia o cachorro.
   b. Porque é louco.
   c. Porque queria que a senhora Shears ficasse chateada.
2. Eu não sabia de ninguém que odiasse o Wellington, assim, se fosse **a** provavelmente foi um estranho.
3. Eu não conhecia gente louca, assim, se fosse **b** provavelmente também foi um estranho.

4. A maioria dos assassinatos são cometidos por um conhecido da vítima. Na realidade, se for para ser assassinado, o mais provável é que seja assassinado por um membro de sua própria família, no dia de Natal. Isto é um fato. Então, o mais provável é que Wellington tivesse sido morto por alguém que o conhecesse.

5. Se fosse **c** eu só conhecia uma pessoa que não gostava da senhora Shears, e era o senhor Shears, que conhecia Wellington muito bem, aliás.

Isto significava que o senhor Shears era meu **Principal Suspeito**.

O senhor Shears foi casado com a senhora Shears e eles viviam juntos até dois anos atrás. Então, o senhor Shears saiu e não voltou mais. Foi por isso que a senhora Shears veio lá em casa e fez tanta comida para nós depois que a Mãe morreu, porque ela não tinha mais que cozinhar para o senhor Shears e ela não tinha de ficar em casa e ser sua esposa. E além do mais o Pai disse que ela precisava de companhia e não queria ficar sozinha.

E às vezes a senhora Shears passava a noite em nossa casa e eu gostava quando ela ficava lá porque botava as coisas em ordem e arrumava os vidros, as panelas, as latas de conservas de acordo com a altura de cada uma nas prateleiras da cozinha e ela colocava etiquetas na frente e botava os garfos e as colheres nos seus compartimentos corretos nas gavetas de talheres. Mas ela fumava cigarros e dizia muitas coisas que eu não entendia, por exemplo, "Estou indo pros braços de Morfeu", "Está um freezer lá fora", "Vamos bater um rango". E eu não gostava quando ela dizia coisas como essas porque não entendia o que significavam.

E não sei por que o senhor Shears deixou a senhora Shears porque ninguém me disse. Mas quando as pessoas se casam é porque querem morar juntas e ter filhos, e se você se casa numa igreja, faz a promessa de ficarem juntos até que a morte os separe. E se você não quer viver junto, você tem de se divorciar e isto porque você quer ter sexo com outra pessoa ou porque vocês brigam muito e um odeia o outro e não querem mais viver juntos na mesma casa e ter filhos. E o senhor Shears não queria mais viver na mesma casa com a senhora Shears, daí, então, o mais provável é que ele a odiasse e então ele poderia ter voltado e matado o cachorro dela para que ela ficasse triste.

Eu decidi tentar descobrir mais sobre o senhor Shears.

71

Todas as outras crianças da minha escola são estúpidas. Mas eu não devo chamá-las de estúpidas, ainda que seja isso o que elas são. Eu devo dizer que elas têm dificuldade de aprendizagem ou que têm necessidades especiais. Mas isso é que é estúpido, porque todos têm dificuldades de aprendizagem porque aprender a falar francês ou entender relatividade é difícil, e também todos têm necessidades especiais, como o Pai que tem de carregar um pequeno pacote de tabletes de adoçantes artificiais para colocar em seu café para fazê-lo parar de engordar, ou o senhor Peters que usa um aparelho de audição de cor bege, ou Siobhan que usa lentes tão grossas que você tem dor de cabeça se você pega elas emprestadas, e nenhuma destas pessoas são Necessidades Especiais, mesmo que eles tenham necessidades especiais.

Mas Siobhan disse que nós temos de usar estas palavras porque as pessoas costumavam chamar as crianças que são como as crianças da escola de *retardados* e *debilóides* e *mongos*, que são palavras detestáveis. Mas isto é estúpido também porque tem vezes que as crianças da escola da estrada abaixo nos vêem na rua quando estamos descendo do ônibus e elas gritam: "Necessidades Especiais! Necessidades Especiais!". Mas eu não dou atenção porque não escuto o que as outras pessoas dizem e somente paus e pedras podem quebrar meus ossos e eu tenho o canivete do exército suíço comigo, se eles me machucarem, e se eu matá-los será legítima defesa, e não irei para a prisão.

Eu vou provar que não sou estúpido. No mês que vem eu vou fazer meu exame avançado em Matemática e vou conseguir o grau A. Ninguém nunca conseguiu grau A na escola antes e a diretora, a senhora Gascoyne, no início, não queria que eu fizesse o exame. Ela disse que eles não têm instalações adequadas para a realização de exames de matemática avançada. Mas o Pai teve uma discussão com a senhora Gayscone e ficou irritado de verdade. A senhora Gayscone disse que eles não queriam me tratar de forma diferente dos outros da escola porque então todos iriam querer ser tratados de modo diferente e isso ia abrir um precedente. E que eu poderia fazer meu exame de matemática avançada mais tarde, com 18 anos.

Eu estava sentado no escritório da senhora Gayscone com o Pai quando ela disse essas coisas. E o Pai disse:

— Christopher já tem um bocado de problemas, você não acha? Não precisa você também, lá do alto do seu pedestal, ficar sacaneando o garoto. Deus do céu, isso é a única coisa em que ele é bom de verdade.

Então a senhora Gayscone disse que ela e o Pai conversariam sobre esse assunto mais tarde, a sós. Mas o Pai lhe perguntou se ela queria dizer coisas que estava embaraçada de dizer na minha frente e ela disse não e ele disse:

— Então, o que é? Diga logo.

E ela disse que se eu fosse fazer o exame de matemática avançada, ia ter de ter um membro da equipe só para mim, numa sala separada, acompanhando as provas. E o Pai disse que ele pagaria cinqüenta libras para alguém fazer isso, depois do horário da escola e que ele não ia aceitar *não* como resposta. Daí, ela disse que ia precisar de um tempo para pensar no assunto. E na semana seguinte ela ligou para o Pai e disse a ele que eu poderia fazer o exame de matemática avançada e que o reverendo Peters seria o que é chamado de inspetor.

E depois que eu fizer o exame de matemática avançada, vou fazer o exame de matemática mais avançada e de física, e então eu posso ir para a universidade. Não há uma universidade em nossa cidade, que se chama Swindon, porque é um lugar pequeno. Então temos de nos mudar para outra cidade onde haja uma universidade porque eu não quero viver sozinho, nem numa casa com outros estudantes. Mas está tudo bem sobre isso porque o Pai quer se mudar para uma cidade diferente também. Ele, às vezes, diz coisas como, "Nós temos de dar o fora desta cidade, garoto". Ou então ele diz: "Swindon é o cu do mundo".

Então, quando eu conseguir um diploma em Matemática, ou Física, ou Matemática e Física, vou poder conseguir um trabalho e ganhar muito dinheiro e vou poder pagar alguém para tomar conta de mim e cozinhar minha comida, lavar minhas roupas, ou vou arranjar uma boa mulher para me casar e ser minha esposa e ela pode tomar conta de mim, assim eu vou ter companhia e não vou ficar sozinho.

73

Eu achava que a Mãe e o Pai eram bem capazes de se divorciar. Porque eles viviam brigando e tinha vezes que se odiavam. Isto era devido ao estresse de tomar conta de alguém que tem problemas comportamentais como eu. Eu costumava ter muitos problemas comportamentais, mas agora não tenho tantos assim porque estou mais crescido e posso tomar decisões e fazer minhas coisas, como sair de casa e comprar coisas na loja no fim da rua. Estes são alguns dos meus problemas comportamentais:

A. Deixar de conversar com pessoas por um longo tempo.[4]

B. Deixar de comer e de beber qualquer coisa por um longo tempo.[5]

C. Não gostar de ser tocado.

D. Gritar quando fico zangado ou confuso.

E. Não gostar de ficar em lugares muito pequenos com outras pessoas.

F. Despedaçar coisas quando estou zangado ou confuso.

G. Gemer.

H. Não gostar de coisas amarelas ou marrons e me recusar a tocar em coisas amarelas ou marrons.

I. Recusar a usar minha escova de dentes se alguém mais tocar nela.

J. Não comer se diferentes tipos de comida ficam se tocando.

---

[4]Uma vez eu não conversei com ninguém por cinco semanas.
[5]Quando eu tinha 6 anos, a Mãe costumava me dar para beber refeições dietéticas sabor morango, sempre de uma jarra de medida, e nós fazíamos competições para ver quem bebia mais rápido um quarto do litro.

K. Não perceber quando as pessoas ficam zangadas comigo.

L. Não sorrir.

M. Dizer coisas que outras pessoas pensam que são rudes.[6]

N. Fazer coisas estúpidas.[7]

O. Socar as pessoas.

P. Odiar a França.

Q. Dirigir o carro da mãe.[8]

R. Ficar perturbado quando alguém muda a mobília de lugar.[9]

Tem vezes que estas coisas deixavam a Mãe e o Pai muito zangados e eles gritavam comigo e gritavam um com o outro. Tinha vezes que o Pai dizia: "Christopher, se você não se comportar, eu juro que te dou uma surra de te deixar desmaiado", ou a Mãe dizia, "Pelo amor de Deus, Christopher, eu devia mesmo é internar você", ou a Mãe dizia, "Você vai acabar me levando mais cedo para o túmulo".

---

[6]As pessoas dizem que você sempre tem de dizer a verdade. Mas elas não levam isso a sério porque você não pode dizer às pessoas velhas que elas estão velhas e você não pode dizer às pessoas que elas estão com um cheiro estranho ou quando um adulto solta um peido. E não é permitido dizer *Eu não gosto de você*, a menos que a outra pessoa tenha feito algo horrível com você.

[7]Coisas estúpidas são coisas como esvaziar um vidro de manteiga de amendoim na mesa da cozinha e nivelar com uma faca cobrindo toda a mesa até a beirada, ou queimar coisas no fogão para ver o que acontece com elas, tais como os meus sapatos, objetos de prata ou açúcar.

[8]Eu só fiz isto uma vez: peguei emprestadas as chaves, numa hora em que ela foi para a cidade de ônibus, e eu nunca tinha dirigido um carro, e eu tinha 8 anos e 5 meses. Então, bati no muro e o carro não está mais lá em casa porque a Mãe morreu.

[9]É permitido mudar as cadeiras e a mesa da cozinha de lugar, porque isso é diferente, mas me deixa muito zonzo e com vontade de vomitar se alguém muda de lugar o sofá e as cadeiras, na sala de estar ou na sala de jantar. A Mãe costumava fazer isto quando ela passava na sala o aspirador de pó, então eu adotei uma planta especial mostrando onde todos os móveis deveriam ficar, tomava medidas e colocava todas as coisas de volta nos seus lugares certos, e então eu me sentia melhor. Mas desde que a Mãe morreu, o Pai nunca mais passou o aspirador de pó na sala, e assim está tudo bem. E a senhora Shears passou o aspirador uma vez, mas eu comecei a gemer e ela gritou para o Pai e nunca mais fez isso novamente.

79

Quando eu cheguei em casa, o Pai estava sentado na mesa da cozinha e tinha feito meu jantar. Ele estava usando uma camisa de lenhador. Para o jantar tinha ervilhas, brócolis, duas fatias de presunto e estavam bem dispostos num prato, e nada estava se tocando.

Ele perguntou:

— Por onde você andou?

E eu respondi:

— Aí pela rua.

Isto é chamado de uma mentira branca. Uma mentira branca não é totalmente uma mentira. É quando você diz a verdade, mas não diz toda a verdade. Isto significa que todas as coisas que você diz são mentiras brancas, porque quando alguém diz alguma coisa, por exemplo: "O que você quer fazer hoje?", você responde: "Eu quero fazer pinturas com o senhor Peters", mas você não diz também: "Eu quero almoçar, ir ao banheiro, ir para casa depois da escola, brincar com o Toby, jantar, jogar no meu computador, ir para a cama". E eu chamei de mentira branca porque eu sabia que o pai não queria que eu bancasse o detetive.

O Pai disse:

— Acabei de receber um telefonema da Sra. Shears...

Eu comecei a comer minhas ervilhas, meu brócolis e minhas duas fatias de presunto.

Então o Pai perguntou:

— Que diabos você estava bisbilhotando no jardim dela?

— Eu estava fazendo o meu trabalho de detetive para tentar descobrir quem matou o Wellington.

— Quantas vezes eu vou ter de repetir, Christopher?

As ervilhas enlatadas, o brócolis e o presunto estavam frios, mas eu não me importei com isto. Eu como muito devagar, então minha comida quase sempre fica fria.

O Pai disse:

— Eu disse a você para não se meter nos problemas dos outros.

Eu disse:

— Eu acho que é provável que o senhor Shears tenha matado o Wellington.

O Pai não disse nada.

Eu continuei:

— Ele é o meu Principal Suspeito porque acho que quem matou o Wellington queria que a senhora Shears ficasse triste. E um assassinato é geralmente cometido por alguém conhecido...

O Pai bateu na mesa tão forte com a mão fechada que os pratos, sua faca e o garfo pularam e o meu presunto pulou para o lado, assim ele encostou no brócolis e eu não pude mais comer nem o presunto nem o brócolis.

Então ele gritou:

— Eu não quero o nome deste homem mencionado em minha casa.

Eu perguntei:

— Por que não?

— Aquele homem é mau.

— Isto significa que ele pode ter matado o Wellington?

O Pai colocou sua cabeça em suas mãos e disse:

— Meu Deus do céu.

Dava para ver que o Pai estava chateado comigo, então falei:

— Eu sei que você me disse para não me meter nos problemas dos outros, mas a senhora Shears é nossa amiga.

E o Pai replicou:

— Não é mais!

— Por que não?

— Ok, Christopher. Vou lhe dizer isto pela última vez... a última vez, mesmo, e não vou repetir. Olhe para mim quando estou conversando com você, pelo amor de Deus. Olhe para mim. Não é para você ir de novo perguntar à senhora Shears quem matou o maldito cachorro. Você não vai mais entrar no jardim de nenhuma outra pessoa. Você vai parar com essa ridícula brincadeira de detetive, porra, e vai parar agora!

Eu não disse nada.

O Pai disse:

— Quero que você me prometa, Christopher. E você sabe o que significa quando eu peço para você me dar a sua palavra.

Eu sabia o que significava quando alguém promete alguma coisa. A gente tem de dizer que nunca mais vai fazer uma certa coisa de novo e não deve nunca fazer, mesmo, senão a promessa vira uma mentira.

Eu disse:

— Sim, eu sei.

O Pai prosseguiu:

— Prometa que você vai parar de fazer estas coisas. Prometa que você vai desistir dessa brincadeira ridícula, imediatamente, ok?

Eu respondi:

— Eu prometo.

83

Acho que eu seria um ótimo astronauta. Para ser um bom astronauta, você tem de ser inteligente e eu sou inteligente. Você também deve entender como as máquinas funcionam e eu sou bom em entender como as máquinas funcionam. Você também tem de ser alguém que gostaria de estar sozinho dentro de uma minúscula nave espacial a milhares e milhares de quilômetros da superfície da Terra e não entrar em pânico, nem ficar claustrofóbico, não sentir saudades de casa nem enlouquecer. E eu gosto de verdade de espaços pequenos, contanto que não tenha ninguém mais comigo ali dentro. Tem vezes, quando eu quero ficar sozinho, que eu entro no armário suspenso do banheiro, escorrego pelo lado do bóiler, fecho a porta atrás de mim, sento lá e fico pensando por horas, e isto me faz sentir mais calmo.

Então eu ia ter de ser um astronauta que ficasse sozinho, ou ia ter de ter meu próprio pedaço na aeronave onde ninguém mais ia poder entrar.

Além disso, não tem coisas amarelas nem coisas marrons numa aeronave, então estaria tudo bem.

Eu ia ter de conversar com outras pessoas do Controle da Missão, mas a gente ia fazer isso através de uma conexão de rádio e um monitor de tevê, então não ia ser com gente de verdade, mas como jogar um jogo de computador.

Além disso, eu não ia ficar com saudades, nem um pouco, porque ia estar cercado de muitas coisas de que eu gosto, que são as máquinas, os computadores e o espaço cósmico. E eu ia poder olhar por uma janela pequena da aeronave e ia saber que não teria ninguém por perto em milhares e milhares de quilôme-tros, que é o que eu, às vezes, finjo, no verão, quando deito no gramado e olho para o céu e coloco minhas mãos em volta do rosto, assim eu não posso ver a cerca, a chaminé e os varais de roupas, e posso fingir que estou no espaço.

E só o que eu veria seriam as estrelas. E estrelas são lugares onde as moléculas de que a vida é feita foram produzidas bilhões de anos atrás. Por exemplo, todo o ferro em nosso sangue que impede a gente de ficar anêmico foi feito numa estrela.

E eu gostaria de poder levar o Toby comigo para o espaço, e eles iam deixar porque tem vezes que eles levam animais para o espaço para experiências, então se eu pudesse bolar uma boa experiência para ser feita com um rato que não o machucasse, ia poder fazer com que eles me deixassem levar o Toby.

Mas, se eles não deixassem, ainda assim eu iria porque seria um Sonho Virando Realidade.

89

No dia seguinte, na escola, eu disse à Siobhan que o Pai tinha me dito que eu não poderia mais investigar, o que significava que o livro estava terminado. Eu lhe mostrei as páginas que havia escrito até então, com o diagrama do universo, o mapa da rua e os números primos. E ela disse que não tinha problema. Ela disse que o livro estava realmente bom como estava e que eu deveria ficar orgulhoso de ter escrito um livro, afinal de contas, mesmo que ficasse muito pequeno, e que havia livros muito bons que eram pequenos como *Coração nas trevas*, de Conrad.

Mas eu argumentei que não era propriamente um livro porque não tinha um final pelo fato de eu não ter descoberto quem matou o Wellington, e assim o assassino ainda estava solto.

E ela respondeu que era como a vida, que nem todos os assassinatos são resolvidos e nem todos os assassinos são pegos. Como Jack, o Estripador.

Eu disse que não gostava da idéia de que o assassino ainda estivesse livre. Eu não gostava de pensar que a pessoa que matou Wellington pudesse estar vivendo em algum lugar próximo e que eu podia encontrá-lo quando eu saísse para dar uma volta à noite. E isto era bem possível porque um assassinato geralmente é cometido por uma pessoa conhecida da vítima.

Então eu disse:

— O Pai disse que eu nunca mais mencionasse o nome do senhor Shears na nossa casa, e que ele era um homem malvado, e talvez isto signifique que ele seja a pessoa que matou o Wellington.

E ela falou:

— Talvez signifique apenas que o seu pai não goste muito do senhor Shears.

E eu perguntei:

— Por quê?

— Não sei, Chistopher. E eu não sei porque não sei nada sobre o senhor Shears.

— O senhor Shears era casado com a senhora Shears, e ele a deixou, como num divórcio. Mas eu não sei se eles realmente estão divorciados.

E Siobhan disse:

— Bem, a senhora Shears é uma amiga de vocês, não é? Uma amiga sua e de seu pai. Então talvez seu pai não goste do senhor Shears porque ele deixou a senhora Shears. Porque ele fez uma coisa desagradável contra alguém que é amigo de vocês.

— Mas o Pai diz que a senhora Shears não é mais nossa amiga.

— Lamento muito, Christopher. Eu queria poder responder todas estas perguntas, mas simplesmente não sei como fazê-lo.

Então a campainha tocou indicando o término das aulas.

No dia seguinte, eu vi quatro carros amarelos, um atrás do outro, no caminho da escola, o que significava um **Dia Ruim**, então não comi nada no almoço e me sentei num canto da sala durante todo o dia, e fiquei lendo meu livro do curso de Matemática Avançada. E no dia seguinte também vi quatro carros amarelos, um atrás do outro, no caminho para a escola, e isso significava outro **Dia Ruim**, também, então não falei com ninguém e fiquei sentado a tarde inteira num canto da biblioteca gemendo com minha cabeça pressionada na junção de duas paredes, e isto me fez sentir calmo e seguro. Mas, no terceiro dia, fiquei com meus olhos fechados no caminho para a escola até descermos do ônibus, porque eu tinha tido dois **Dias Ruins**, um em seguida ao outro, o que me permitia fazer isto, agora.

97

Mas não foi aí o final do livro porque cinco dias depois eu vi cinco carros vermelhos em seqüência, o que significava um **Dia Super Bom** e eu sabia que alguma coisa muito especial estava para acontecer. Nada de especial aconteceu na escola, então eu sabia que alguma coisa especial ia acontecer depois da escola. E, quando voltei para casa, fui para uma loja no final da nossa rua para comprar alcaçuz e uma barra de chocolate com o dinheiro que tinha no bolso.

E quando eu já tinha comprado o alcaçuz e a barra de chocolate, me virei e vi a senhora Alexander, a senhora idosa do nº 39, que estava na loja também. Ela não estava usando jeans naquele momento. Ela estava usando um vestido como o de uma senhora idosa normal. E ela cheirava a comida.

Ela disse:

— O que aconteceu com você naquele dia?

Eu perguntei:

— Que dia?

— Eu voltei e você já não estava mais lá. Tive de comer todos os biscoitos sozinha.

Eu disse:

— Eu fui embora.

— Sim, isso eu vi.

Eu continuei:

— Eu pensei que a senhora tivesse ido ligar para a polícia.

— Mas, por que eu faria isto?

— Porque eu estava me metendo nos problemas dos outros e o Pai disse que eu não deveria mais investigar quem matou o

Wellington. E o policial me deu uma advertência e se eu me meter em encrencas de novo, vai ser muito pior por causa da advertência.

Então a senhora hindu atrás do balcão perguntou à senhora Alexander:

— Posso ajudá-la?

E a senhora Alexander disse que queria um quartilho de leite e um pacote de bolo Jaffa e eu saí da loja.

Quando saí da loja, vi que o dachshund da senhora Alexander estava na calçada. Ele estava usando um casaquinho feito de *tartan*, que é um tecido de lã escocesa axadrezado. Ela tinha amarrado a correia do seu cachorro ao cano de escoamento junto da porta. Eu gosto de cachorros, então eu me abaixei e disse olá para o cachorro dela e ele lambeu minha mão. Sua língua estava agitada e úmida, ele gostou do cheiro das minhas calças e começou a farejá-las.

Então a senhora Alexander chegou e disse:

— O nome dele é Ivor.

Eu não disse nada.

E ela continuou:

— Você é muito tímido, não é, Christopher?

E eu respondi:

— Não tenho permissão para falar com você.

— Não se preocupe. Não vou contar à polícia nem ao seu pai. Afinal, não há nada de errado em se bater um papinho. Bater papo nada mais é do que ser amistoso, não é?

Eu disse:

— Eu não consigo bater papo.

— Você gosta de computadores?

— Sim, eu gosto de computadores. Eu tenho um computador em casa, no meu quarto.

E ela disse:

— Eu sei. Tem vezes que eu vejo você sentado no computador em seu quarto, quando atravesso a rua.

Então, ela soltou a correia do cano de escoamento.

Eu não ia dizer mais nada porque eu não queria ter problemas.

Então eu pensei que era um **Dia Super Bom** e ainda não tinha acontecido nada especial, então era possível que conversando com a senhora Alexander alguma coisa especial pudesse acontecer. E eu pensei que ela poderia dizer alguma coisa sobre o Wellington ou sobre o senhor Shears sem eu perguntar, assim eu não quebrava minha promessa.

Então eu disse:

— E eu gosto de matemática e de cuidar do Toby. E também gosto de espaço cósmico e de ficar sozinho.

— Aposto que você é muito bom em matemática, não é?

— Eu sou. Eu vou fazer meu exame de matemática avançada no mês que vem. E eu vou conseguir tirar o grau A.

— É mesmo? O exame em matemática avançada?

Eu repliquei:

— Sim. Eu não digo mentiras.

E ela disse:

— Por favor, me desculpe. Não quis sugerir que você estivesse mentindo. Apenas quis conferir se havia escutado direito. Fico um pouco surda, às vezes.

E eu disse:

— Eu me lembro. A senhora me falou. — E então eu disse: — Eu sou a primeira pessoa a fazer o exame de nível avançado da minha escola porque é uma escola especial.

— Bem, estou muito impressionada. Espero que você consiga mesmo tirar o grau A.

— Eu vou conseguir.

Então ela disse:

— E outra coisa que sei sobre você é que sua cor favorita não é amarelo.

— Não. E nem marrom. Minha cor favorita é vermelho. E cores metálicas.

Então Ivor fez cocô e a senhora Alexander recolheu-o com sua mão enfiada num pequeno saco de plástico, e ela virou o saco de plástico e deu um nó na ponta, assim o cocô ficou fechado no saco e ela não o tocou com suas mãos.

Então raciocinei um pouco. E raciocinei que o Pai somente tinha me feito prometer sobre cinco coisas que eram:

1. Não mencionar o nome do senhor Shears em nossa casa.
2. Não perguntar à senhora Shears sobre quem matou aquele maldito cachorro.
3. Não sair perguntando a ninguém sobre quem matou aquele maldito cachorro.
4. Não sair entrando nos jardins de outras pessoas.
5. Parar com essa ridícula brincadeira de detetive.

E perguntar sobre o senhor Shears não era nenhum desses itens. E, se a gente é um detetive, tem de *correr riscos* e era um **Dia Superbom**, o que significava que era um bom dia para correr riscos, então eu disse:

— A senhora conhece o senhor Shears?

E isso era que nem bater papo.

E a senhora Alexander disse:

— Não, realmente. Quer dizer, eu o conheci apenas de dizer olá e conversar um pouco com ele na rua, mas não sei muito sobre ele. Acho que ele trabalhava num banco. O National Westminster. No Centro.

E eu disse:

— O Pai diz que ele é um homem malvado. A senhora sabe por que ele disse isto? O senhor Shears é um homem malvado?

— Por que você está me perguntando sobre o Sr. Shears, Christopher?

Eu não disse nada porque eu não queria estar investigando o assassinato do Wellington e esta era a razão de eu estar perguntando sobre o senhor Shears.

Mas foi a senhora Alexander que disse, então:

— Tem a ver com Wellington?

E eu assenti com a cabeça porque isso não é que nem ser detetive.

A senhora Shears não disse mais nada. Ela foi até o pequeno cesto vermelho no poste próximo ao portão do parque e colocou no cesto o cocô do Ivor, que era uma coisa marrom dentro de uma coisa vermelha, e que me deu enjôo, então eu não olhei para aquilo. Então, ela caminhou de volta na minha direção.

Ela respirou fundo e disse:

— Talvez seja melhor não conversarmos sobre estas coisas, Christopher.

E eu perguntei:

— Por que não?

— Porque ... — Então, ela se deteve e decidiu começar a dizer uma frase diferente. — Talvez porque seu pai esteja certo e você não deva ficar perguntando sobre isto.

E eu perguntei:

— Por quê?

— Porque obviamente ele está considerando todo este assunto bastante perturbador.

E eu perguntei:

— Por que ele está considerando tudo isto perturbador?

Então ela respirou fundo novamente e disse:

— Porque... porque eu acho que você sabe muito bem por que seu pai não gosta do senhor Shears.

Então eu perguntei:

— O senhor Shears matou a Mãe?

— Ora, como assim, matou-a?

E eu repeti:

— Isso, ele matou a Mãe?

— Não. Não. É claro que ele não matou sua mãe.

— Mas ele a deixou estressada, e foi por isso que ela morreu de um ataque do coração?

— Honestamente, não sei do que você está falando Christopher.

E eu continuei:

— Ou ele a feriu e por isso ela teve de ir para o hospital?

— Ela teve de ir para o hospital?

— Teve. E não foi muito sério no início, mas ela teve um ataque do coração quando estava no hospital.

E a senhora Alexander exclamou:

— Oh, meu Deus!

E eu disse:

— Daí, ela morreu.

— Oh, meu Deus — disse a senhora Alexander novamente, depois prosseguiu: — Oh, Christopher, eu lamento muito. Eu nunca imaginei ...

Então eu perguntei a ela:

— Por que você disse: "Eu acho que você sabe por que seu pai não gosta do senhor Shears"?

A senhora Alexander colocou a mão sobre sua boca e disse:

— Oh querido, querido, querido ...

Mas ela não respondeu minha pergunta.

Então eu repeti a pergunta porque num romance de mistério e assassinato, quando alguém não quer responder uma pergunta é porque está tentando guardar um segredo ou tentando impedir que alguém fique numa situação difícil, o que significa que as respostas para aquelas perguntas são as mais importantes e é por isto que o detetive tem de pressionar a pessoa.

Mas, ainda assim, a senhora Alexander não respondeu. Em vez disso, ela me fez uma pergunta:

— Então você não sabe?

E eu perguntei:

— O que eu não sei?

E ela disse:

— Christopher, olhe, creio que eu não deveria estar falando com você sobre isto... Talvez nós devêssemos dar uma pequena volta no parque juntos. Aqui não é o lugar para se conversar sobre este tipo de coisa.

Eu fiquei nervoso. Eu não conhecia a senhora Alexander. Sabia que ela era uma velha senhora e que gostava de cachorros. Mas ela era uma estranha. E eu nunca tinha ido ao parque sozinho porque é perigoso, as pessoas se injetam drogas atrás dos banheiros públicos da esquina. Eu queria ir para casa, subir para o meu quarto, dar comida para o Toby e estudar um pouco de matemática.

Mas eu estava ansioso também. Porque achei que ela queria me contar um segredo. E o segredo podia ser quem matou Wellington. Ou algo sobre o senhor Shears. E dependendo do que ela dissesse eu teria mais indícios contra o senhor Shears ou o *Excluiria de Minhas Investigações*.

Então, como era um **Dia Superbom**, decidi ir ao parque com a senhora Alexander, ainda que isto me amedrontasse.

Quando já estávamos no parque, a senhora Alexander parou de andar e disse:

— Vou lhe dizer uma coisa, mas você deve me prometer não contar a seu pai o que eu disser a você.

Eu perguntei:

— Por quê?

E ela respondeu:

— Eu não deveria ter dito o que disse. E se eu não explicar isso, você ficará imaginando o que eu quis dizer. Então, pode perguntar ao seu pai e não quero que você faça isto porque não quero que ele fique aborrecido. Então, vou lhe explicar porque eu disse o que disse. Mas antes, você tem de me prometer não contar a ninguém o que eu disser para você.

Eu perguntei:

— Por quê?

E ela respondeu:

— Christopher, por favor, apenas confie em mim.

E eu disse:

— Eu prometo.

Porque se a senhora Alexander me dissesse quem matou o Wellington, ou se ela me dissesse que o senhor Shears de fato matou a Mãe, eu podia ainda ir à polícia e falar com eles porque é permitido quebrar uma promessa se alguém cometeu um crime e você descobre quem o cometeu.

E a senhora Alexander disse:

— Sua mãe, antes de morrer, era muito amiga do Sr. Shears.

E eu disse:

— Eu sei.

— Não, Christopher. Não estou certa se você sabe. Eu quero dizer que eles eram muito amigos. Muito, muito amigos.

Eu pensei sobre isto por algum tempo e disse:

— Você quer dizer que eles faziam sexo?

E a senhora Alexander respondeu:

— Sim, Christopher. É o que eu quero dizer.

Então, ela não disse nada por uns trinta segundos.

Mas depois ela disse:

— Lamento, Christopher. Acredite que eu não queria dizer coisa alguma que pudesse perturbar você. Mas quero explicar por que eu disse o que disse. Achei que você soubesse. Por isso seu pai acha que o senhor Shears é um homem malvado. É por isso também que ele não quer que você fique perguntando para as pessoas sobre o senhor Shears. Porque isto trará de volta lembranças ruins.

E eu perguntei:

— Foi por isso que o senhor Shears deixou a senhora Shears, porque ele estava fazendo sexo com outra pessoa, estando casado com a senhora Shears?

— Sim, eu acho que sim... Oh, lamento muito, Christopher. Eu lamento de verdade...

E eu disse:

— Eu acho que eu devo ir agora.

— Você está bem, Christopher?

E eu respondi:

— Eu estou com medo de estar no parque com você, porque você é uma estranha.

— Não sou uma estranha, Christopher, eu sou sua amiga.

E eu disse:

— Eu vou para a casa agora.

E ela recomendou:

— Se quiser conversar sobre isto, pode vir me ver quando quiser. É só bater na minha porta.

E eu disse:

— Está bem.

E ela disse:

— Christopher?

E eu disse:

— O que foi?

E ela disse:

— Você não deve contar a seu pai sobre esta conversa, você promete?

E eu falei:

— Não vou contar. Eu prometo.

— Vá, vá para casa. E lembre-se do que eu falei. A qualquer hora ...

Então fui para casa.

O senhor Jeavons disse que eu gosto de matemática porque é seguro. Ele disse que eu gosto de matemática porque significa resolver problemas, e que estes problemas eram difíceis e interessantes, mas havia sempre uma resposta honesta no final. E que isto queria dizer que a matemática não era como a vida porque na vida não há respostas honestas no final. Eu sei que ele estava falando sério, porque ele disse que estava.

Mas isso é porque o senhor Jeavons não entende de números.

Aqui vai uma história famosa, chamada **O Problema de Monty Hall**, que eu botei neste livro porque ilustra o que eu estava falando.

Havia, numa revista dos EUA chamada **Parade**, uma coluna chamada **Pergunte a Marilyn**. E esta coluna era escrita por Marilyn vos Savant e na revista dizia-se que ela tinha o QI mais alto do mundo no **Hall da Fama Mundial do Guinness**. E, nesta coluna, ela respondia problemas de matemática enviados pelos leitores. Em setembro de 1990, esta pergunta foi enviada por Craig F. Whitaker, de Columbia, Maryland (mas isto não vai ser o que se chama de uma *citação direta* porque eu a simplifiquei para tornar mais fácil de se entender).

Você está num programa, daqueles de jogos e brincadeiras, na televisão. Neste programa, o objetivo é ganhar um carro como prêmio. O apresentador do programa mostra a você três portas. Ele diz que há um carro atrás de uma das portas e cabras atrás das outras duas portas. Ele pede a você para escolher uma porta. Você escolhe uma porta, mas a porta não é aberta. Então aparece o apresentador abrindo uma das portas que você não escolheu para mostrar uma cabra (porque ele sabe o que está atrás das portas). Então, ele diz que você tem uma última chance para mudar sua escolha, antes das portas serem abertas e você ganhar ou um carro ou uma cabra. Então ele pergunta se você quer mudar sua escolha, e escolher a outra porta que não foi aberta em vez da que você escolheu. O que você faria?

Marilyn vos Savant disse que você devia sempre mudar a escolha, e escolher a última porta porque as chances são de 2 em 3 de se encontrar um carro atrás daquela porta.

Mas se você usar sua intuição você fica achando que a chance é meio a meio porque você acha que há uma chance igual de o carro estar atrás de qualquer uma das portas.

Muitas pessoas escreveram para a revista para dizer que Marylin vos Savant estava errada, mesmo depois de ela explicar cuidadosamente porque estava certa. Noventa e dois por cento das cartas que ela recebeu sobre o problema diziam que ela estava errada e muitas delas eram de matemáticos e cientistas. Aqui estão algumas das coisas que elas diziam:

Eu estou muito preocupado com a falta de habilidade para a matemática do público em geral. Por favor, ajude, confessando seu erro.

Robert Sachs, Ph.D., Universidade George Mason

Há muita ignorância em matemática neste país e nós não precisamos que o QI mais alto do mundo a propagandeie ainda mais. Que vergonha!

Scott Smith, Ph.D., Universidade da Flórida

Estou chocado que mesmo depois de ser corrigida por, no mínimo, três matemáticos, você ainda não admita o seu erro.

Kent Ford, Universidade Dickinson State

Estou certo de que você receberá muitas cartas dos colégios e de estudantes universitários. Talvez você deva guardar alguns endereços para ajudarem-na em suas colunas futuras.

W. Robert Smith, Ph.D., Universidade Georgia State

Você está completamente errada... Quantos matemáticos irados são necessários para fazer você mudar de opinião?

E. Ray Bobo, Ph.D., Universidade de Georgetown

Se todos aqueles Ph.D.s estiverem errados, o país está com um problema muito sério.

Everett Harman, Ph.D., Instituto de Pesquisas do Exército dos EUA

Mas Marylin vos Savant estava certa. E aqui estão duas maneiras de mostrar isto.

Em primeiro lugar, você pode fazer isto matematicamente:

Vamos chamar as portas de X, Y e Z.

Vamos chamar de Cx o evento que é o carro que está atrás da porta X e assim por diante.

Vamos chamar de Hx o evento que é o apresentador abrir a porta X e assim por diante.

Supondo que você escolha a porta X, a possibilidade de que você ganhe um carro se você mudar sua escolha é dada pela seguinte fórmula:

$$P(H_z \wedge C_y) + P(H_y \wedge C_z)$$
$$= P(C_y).P(H_z \mid C_y) + P(C_z).P(H_y \mid C_z)$$
$$= (^1/_3.1) + (^1/_3.1) = {}^2/_3$$

A segunda maneira de resolver o problema é fazendo um quadro de todos os resultados possíveis como este:

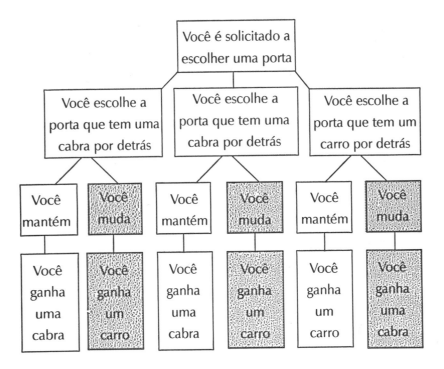

Assim, se você muda sua escolha, em 2 vezes em 3 você ganha um carro. E se você mantém sua escolha, você só tem uma chance em 3 de ganhar um carro.

E isto mostra que a intuição pode, algumas vezes, cometer erros. E intuição é o que as pessoas se utilizam na vida para tomar decisões. Mas a lógica pode ajudar você a encontrar a resposta certa.

Isto também mostra que o senhor Jeavons estava errado e que os números, muitas vezes, são complicados e não são nada confiáveis. E é por isso que eu gosto do **Problema de Monty Hall**.

103

Quando voltei para casa, Rhodri estava lá. Rhodri é o homem que trabalha para o Pai, ajudando-o a fazer a manutenção da calefação e reparos nos bóileres. E tem vezes, de noite, que ele dá uma passada lá em casa para beber cerveja com o Pai, ver televisão e conversar. Rhodri estava usando macacão branco cheio de marcas de sujeira, tinha um anel no dedo do meio de sua mão esquerda e cheirava a uma coisa que eu não sei o nome, mas o Pai também tem esse cheiro quando vem para casa do trabalho.

Coloquei meu alcaçuz e minha barra de chocolate em minha caixa especial de comida na prateleira que não era permitido ao Pai tocar porque era minha.

Então, o Pai perguntou:

— E o que você andou aprontando agora, meu jovem?

E eu respondi:

— Eu fui até a loja comprar alcaçuz e uma barra de chocolate.

E ele falou:

— Você ficou fora um bocado de tempo.

E eu expliquei:

— Eu conversei com o cachorro da senhora Alexander, do lado de fora da loja. E eu o afaguei e ele farejou minhas calças.

Isso era outra mentira branca.

Então Rhodri me perguntou:

— Deus do céu, você vai para o terceiro grau, não vai?

Mas eu não sabia o que era o terceiro grau.

E ele perguntou:

— Então, como você vai indo, garotão?

E eu respondi:

— Eu vou muito bem, obrigado — que é o que se diz.

E ele perguntou:

— Quanto é 251 x 864?

E eu pensei sobre isto e respondi:

— 216.864 — Porque era uma conta muito fácil porque você só tem de multiplicar **864 x 1.000** que é **864.000**. Então você divide por **4** que dá **216.000** e isso é **250 x 864**. Então você apenas acrescenta outro **864** para obter **251 x 864**. E dá **216.864**.

E eu perguntei:

— Está certo?

— Ora, que merda, não faço a menor idéia — e ele riu.

Eu não gosto quando Rhodri ri de mim. Rhodri ri muito de mim. O Pai diz que ele está sendo amigável.

Então o Pai disse:

— Coloquei um daqueles *Gobi Aloo Sag* no forno para você, está bem?

Isto é porque eu gosto da comida indiana porque tem um gosto forte. Mas *Gobi Aloo Sag* é amarelo, então eu coloco um corante de comida vermelha antes de comê-lo. É por isso que eu guardo uma pequena garrafa de plástico desse corante na minha caixa de comida especial.

Eu disse:

— Está bem.

E o Rhodri disse:

— Então, parece que o Parky passou a perna neles, não foi? — Mas disse isso para o Pai, não para mim.

E o Pai disse:

— Bem, aquelas porras de placas de circuito integrado parecem do tempo de Matusalém.

— Você vai contar a eles?

— Para quê? Ninguém ali vai processar o cara, vai?

— Um dia, quem sabe?

— Acho que é melhor não mexer em vespeiro.

Então eu fui para o jardim.

Siobhan disse que quando a gente está escrevendo tem de incluir algumas descrições de coisas. Eu disse que podia tirar umas fotografias e colocá-las no livro. Mas ela disse que a idéia de um livro era descrever coisas usando palavras, assim as pessoas poderiam lê-las e formar suas próprias imagens.

E ela disse que era melhor descrever coisas que fossem interessantes ou diferentes.

Ela disse também que eu poderia descrever pessoas na história, mencionando um ou dois detalhes sobre elas, assim as pessoas poderiam fazer suas próprias imagens. Foi por isso que escrevi sobre os sapatos do senhor Jeavons, com todos os buracos, e sobre o policial que parecia ter dois camundongos no nariz e sobre a coisa de que Rhodri tinha cheiro mas que eu não sabia que nome tinha.

Então, resolvi fazer uma descrição do jardim. Mas o jardim não era muito interessante nem diferente. Era apenas um jardim, com grama, barracão e um varal de roupas. Mas o céu era interessante e diferente porque geralmente os céus parecem chatos porque eles são ou todo azul ou todo cinza ou todo coberto com um desenho de nuvens e não parece que estão a centenas de quilômetros acima de nossas cabeças. Parece que alguém podia tê-los pintado de cima de um grande telhado. Mas este céu tinha muitos diferentes tipos de nuvens de diferentes tamanhos, então você podia ver como ele era grande e isto fez com que ele parecesse enorme.

No céu, mais longe, havia uma porção de pequenas nuvens brancas que pareciam escamas de peixes ou dunas de areia, que têm um padrão muito regular.

Então, mais longe ainda, e para o oeste, havia algumas nuvens grandes que eram cor de laranja brilhante porque era quase o entardecer e o sol estava descendo.

Então, próximo ao solo, havia uma imensa nuvem que era cinza porque era uma nuvem de chuva. E tinha um formato grande pontudo e parecia isso aí embaixo.

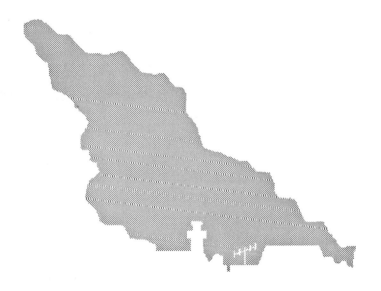

E depois de muito tempo que eu fiquei olhando para ela, deu para ver que ela se movia, e era como uma nave espacial alienígena a centenas de quilômetros, como em **Duna** ou **Blake's 7** ou **Contatos imediatos de terceiro grau**, exceto que não era feita de um material sólido, era feita de gotinhas de água de vapor condensado, que é do que as nuvens são feitas.

E bem que poderia ser uma nave espacial alienígena.

As pessoas acham que as naves espaciais são sólidas, feitas de metal, com luzes em toda superfície e se movendo vagarosamente pelo céu porque é como nós construiríamos uma nave espacial se fôssemos capazes de construir uma daquelas bem grandes. Mas os alienígenas, se existirem, provavelmente serão diferentes de nós. Eles poderiam parecer como lesmas grandes, ou serem planos como reflexos. Ou eles poderiam ser enormes como planetas. Ou poderiam não ter corpos. Eles poderiam apenas ser informação, como em um computador. E suas naves espaciais pareceriam como nuvens ou seriam feitas de objetos não-conectados como pó ou folhas.

Então escutei todos os sons do jardim e pude ouvir um pássaro cantando, pude ouvir barulho de tráfego, que era como a arrebentação das ondas numa praia, e pude ouvir alguém tocando música em algum lugar e crianças gritando. E entre estes barulhos, se eu ficasse escutando com muita atenção e permanecesse completamente imóvel, dava para ouvir um barulhinho feito um zumbido dentro dos meus ouvidos e o ar entrando e saindo do meu nariz.

Então farejei o ar para ver se eu podia descobrir como cheirava o jardim. Mas não consegui cheirar nada. Não cheirava a nada. E isto era muito interessante, também.

Então entrei para dar comida para o Toby.

107

O cão dos Baskervilles é meu livro favorito.

Em *O cão dos Baskervilles*, Sherlock Holmes e doutor Watson fazem uma visita a James Mortimer, um médico lá dos pântanos, em Devon. O amigo de James Mortimer, *sir* Charles Baskerville, tinha morrido de um ataque do coração e James Mortimer acredita que ele havia morrido de medo. James Mortimer tem, além disso, um pergaminho antigo que descreve a maldição dos Baskervilles.

Nesse pergaminho, está escrito que *sir* Charles Baskerville tinha um ancestral chamado *sir* Hugo Baskerville que era um homem violento, profano e impiedoso. E ele tentou fazer sexo com a filha de um pequeno proprietário, mas ela fugiu dele e ele a perseguiu pelos pântanos. E seus amigos, que eram uns metidos a valentes, foram atrás dele.

E quando o encontraram, a filha do pequeno proprietário tinha morrido de medo e de fadiga. E eles viram uma besta grande e negra, parecida com um cão, maior do que qualquer cão que qualquer mortal já viu, e este cão tinha dilacerado a garganta de *sir* Hugo Baskerville. E um dos amigos morreu de medo naquela mesma noite e os outros dois ficaram perturbados pelo resto dos seus dias.

James Mortimer acha que o cão dos Baskervilles pode ter feito *sir* Charles morrer de medo, e ele fica preocupado porque acha que o filho e herdeiro de *sir* Charles, sir Henry Baskerville, que foi morar na mansão em Devon, esteja correndo perigo.

Assim, Sherlock Holmes envia doutor Watson para Devon com *sir* Henry Baskerville e James Mortimer. E o doutor Watson tenta descobrir quem poderia ter matado *sir* Charles Baskerville. E Sherlock Holmes diz que vai ficar em Londres, mas ele viaja para Devon secretamente e faz investigações por sua própria conta.

E Sherlock Holmes descobre que *sir* Charles foi morto por um vizinho chamado Stapleton, que era um colecionador de borboletas e um parente distante dos Baskervilles. E Stapleton é pobre, então ele tenta matar *sir* Henry Baskerville, porque assim ele herdaria a mansão.

Com este objetivo, ele trouxe um cão gigantesco de Londres e cobriu-o com fósforo para fazê-lo ficar brilhando no escuro e era este cão que tinha aterrorizado *sir* Charles Baskerville, levando-o à morte. E Sherlock Holmes, Watson e Lestrade, da Scotland Yard, o prendem no final. E Sherlock Holmes e Watson atiram no cão, que é um dos cães que é morto na história, o que não é justo porque a culpa não era do cachorro. E Stapleton foge para Grimpen Mire, que é parte do pântano, e ele morre porque é sugado em um lodaçal.

Tem coisas da história de que eu não gosto. Uma delas é sobre o antigo manuscrito porque ele é escrito em linguagem antiga que é difícil de entender, como isto aqui

Aprenda então desta história não temer os frutos do passado, mas antes ser circunspecto no futuro, que aquelas paixões enlouquecidas pelas quais nossa família sofreu tão seriamente não possam novamente serem libertadas para provocar nossa destruição.

Tem horas que *sir* Arthur Conan Doyle (que é o autor) descreve assim as pessoas:

Há alguma coisa sutilmente errada com o rosto, alguma aspereza de expressão, alguma dureza, talvez do olhar, algum relaxamento dos lábios que prejudica sua perfeita beleza.

E não sei o que *alguma dureza, talvez do olhar* significa, e não me interesso por rostos.

Mas, tem vezes que é divertido não saber o que as palavras significam porque você pode procurá-las no dicionário, como *goyal* (que é um precipício bastante fundo) ou *tors* (que são colinas rochosas muito íngremes).

Eu gosto de **O cão dos Baskervilles** porque é uma história de detetive, o que significa que há pistas verdadeiras e pistas falsas.

Aqui estão algumas das pistas verdadeiras:

1. Duas das botas de *sir* Henry Baskerville se perdem, quando ele está num hotel em Londres — Isto significa que alguém quer dá-las ao cão dos Baskervilles para farejar, como se fosse um cão de caça, para ele poder persegui-lo. Isto significa que o cão dos Baskervilles não é um ser sobrenatural, mas um cachorro de verdade.

2. Stapleton é a única pessoa que sabe como atravessar o pântano, chamado Grimpen Mire, e ele diz a Watson para se afastar dali para sua própria segurança — Isto significa que ele está escondendo alguma coisa em Grimpen Mire e não quer que ninguém mais descubra.

3. A senhora Stapleton diz ao doutor Watson "para voltar direto para Londres, imediatamente" — Isto porque ela pensa que o doutor Watson é *sir* Henry Baskerville e ela sabe que seu marido quer matá-lo.

E estas são algumas das pistas falsas:

1. Sherlock Holmes e Watson são seguidos quando estão em Londres por um homem, numa carruagem, com uma barba preta — Isto faz você pensar que o homem é Barrymore, que é o zelador da mansão dos Baskervilles, porque ele é a única pessoa que tem uma barba preta. Mas o homem é na verdade Stapleton, que está usando uma barba falsa.

2. Selden, o assassino de Notting Hill — É um homem que escapou de uma prisão próxima e está sendo perseguido no pântano, o que faz você pensar que ele tem alguma coisa a ver com a história, porque ele é um criminoso, mas ele não tem coisa nenhuma, absolutamente nada, a ver com a história.

3. O Homem no Rochedo — É a silhueta de um homem que o doutor Watson vê no pântano à noite, e não reconhece, o que faz você pensar que é o assassino. Mas é Sherlock Holmes que chega a Devon secretamente.

Eu também gosto de *O cão dos Baskervilles* porque gosto de Sherlock Holmes e acho que se eu fosse um detetive ele seria o tipo de detetive que eu gostaria de ser. Ele é muito inteligente, resolve os mistérios, e ele diz:

O mundo é cheio de coisas óbvias que ninguém, não importa quantas oportunidades tenha, observa.

Mas ele as observa, como eu também. E também é dito no livro:

Sherlock Holmes tem, em um grau admirável, o poder de isolar sua mente, quando quer.

E isto é como eu sou também, porque quando estou realmente interessado em alguma coisa, como estudar matemática, ler um livro sobre as missões Apollo, ou sobre os grandes tubarões brancos, não presto atenção em mais nada e o Pai pode me chamar para comer o meu jantar que eu não escuto. E é por isso que eu sou muito bom em jogar xadrez, porque isolo minha mente, de verdade, e me concentro no tabuleiro e pouco depois a pessoa com a qual estou jogando pára de se concentrar e começa a coçar o nariz ou olhar para fora da janela e então ela comete algum erro e eu ganho.

Também o doutor Watson diz sobre Sherlock Holmes:

... sua mente... fica tão absorvida pelo esforço de conceber algum esquema no qual todos esses estranhos episódios aparentemente desconectados poderiam se encaixar.

E é o que estou tentando fazer escrevendo este livro.

Além disso, Sherlock Holmes não acredita no sobrenatural, que é Deus, contos de fada, cães do inferno e maldições, que são coisas estúpidas.

E vou terminar este capítulo com dois fatos interessantes sobre Sherlock Holmes:

1. Nas histórias originais de Sherlock Holmes, Sherlock Holmes nunca é descrito como usando um chapéu de feltro de abas abaixadas, que é o que ele sempre está usando nas fotografias e caricaturas. O chapéu de feltro de abas abaixadas foi inventado por um homem chamado Sidney Paget que fez as ilustrações para os livros originais.

2. Nas histórias originais do Sherlock Holmes, Sherlock Holmes nunca diz, *Elementar, meu caro Watson.* Ele só diz isto nos filmes e na televisão.

Naquela noite, escrevi mais um pouco do meu livro e na manhã seguinte levei para a escola para Siobhan lê-lo e me dizer se eu tinha cometido erros de ortografia e de gramática.

Siobhan leu o livro durante o intervalo na manhã, enquanto tomava uma xícara de café, sentada em um canto do *playground* com outros professores. E, no intervalo da manhã seguinte, ela veio e sentou-se junto de mim e disse que tinha lido um pouco sobre minha conversa com a senhora Alexander, e ela disse:

— Você falou com seu pai sobre isto?

E eu repliquei:

— Não.

E ela perguntou:

— Você vai falar com seu pai sobre isto?

E eu respondi:

— Não.

— Isso é bom. Acho que é o melhor que você tem a fazer, Christopher. — E então continuou. — Você fica triste por ter descoberto isto?

E eu perguntei:

— Descoberto o quê?

— Você fica aborrecido por te descoberto que sua mãe e o senhor Shears tiveram um caso?

E eu disse:

— Não.

— Você está dizendo a verdade, Christopher?

— Eu sempre digo a verdade.

— Eu sei, Christopher. Mas algumas vezes nós ficamos tristes com algumas coisas e não gostamos de dizer a outras pessoas que estamos tristes. Queremos guardar segredo. Ou, às vezes, ficamos tristes, mas não sabemos realmente por que estamos tristes. Então dizemos que não estamos tristes. Mas estamos.

E eu repeti:

— Eu não estou triste.

— Se você começar a ficar triste por causa disto, quero que você venha conversar comigo sobre o assunto. Porque acho que conversar comigo ajudará você a se sentir menos triste. E se você não está se sentindo triste, mas somente quiser conversar comigo, tudo bem, também. Você entendeu?

E eu falei:

— Entendi.

— Bom, então.

— Mas eu não me sinto triste por causa disto. Porque a Mãe está morta. E porque o senhor Shears não está mais por aqui. Por que então eu estaria me sentindo triste por alguma coisa que não é real e que não existe? Isso seria estúpido.

E então fiquei estudando matemática pelo resto da manhã e no almoço eu não quis o quiche, porque era amarelo, mas comi cenoura, ervilhas e muito ketchup. E, depois, comi amora preta e doce de maçã, mas não os pedacinhos de maçã por cima do doce, porque são amarelos, e consegui que a senhora Davis tirasse os pedacinhos de maçã de cima da sobremesa, antes que ela a colocasse no meu prato porque não faz mal se diferentes tipos de comida estão se tocando antes que eles estejam no meu prato.

Então, depois do almoço, passei a tarde fazendo artes com a senhora Peters e pintei algumas figuras de alienígenas que pareciam isto

113

Minha memória é como um filme. É por isso que eu sou tão bom em lembrar coisas, como as conversas que anotei neste livro, o que as pessoas estão usando, como elas cheiram, mas isso porque minha memória tem uma trilha de registro farejadora que é como uma trilha de registro de sons.

E quando as pessoas me pedem para lembrar alguma coisa, posso simplesmente pressionar **Rewind, FF** ou **Pause** como num videocassete, só que mais como num DVD, porque não tenho que Rewind tudo para trás para acessar a lembrança de uma coisa de algum tempo atrás. E não há botões, também, porque é uma coisa que está acontecendo na minha cabeça.

Se alguém diz para mim:

— Christopher, como era sua mãe?

... eu posso dar um Rewind e parar em diferentes cenas e dizer como ela era em diferentes cenas.

Por exemplo, eu podia dar um Rewind direto para 4 de julho de 1992, quando eu tinha 9 anos de idade, e era um sábado, e nós estávamos de férias na Cornualha e, à tarde, estávamos numa praia, num lugar chamado Polperro. E a Mãe estava usando um par de shorts de algodão, um sutiã de biquíni azul claro e estava fumando uns cigarros chamados Consulate que tinham sabor de menta. E ela não estava nadando. A Mãe estava tomando banho de sol numa toalha que era vermelha com listras roxas e ela estava lendo um livro de Georgette Heyer chamado *Os mascarados*. E ela largou o banho de sol e foi para a água nadar, e ela disse:

— Que merda, está um gelo!

E disse que eu devia vir nadar também, mas eu não gosto de nadar porque não gosto de tirar minhas roupas. E ela disse que eu poderia somente arregaçar minhas calças e andar na água um pouco, então foi o que eu fiz. E fiquei ali, em pé, na água, e a Mãe disse:

— Olhe só, é uma delícia...

E ela pulou para trás e desapareceu debaixo d'água e eu pensei que um tubarão a havia comido, eu gritei e ela levantou-se fora d'água novamente e veio para onde eu estava de pé e ergueu sua mão direita e estendeu seus dedos como um leque e disse:

— Venha, Christopher, toque aqui na minha mão. Venha, agora. Pare de chorar. Toque minha mão. Ouça-me, Christopher. Você consegue...

E pouco depois eu parei de gritar e ergui minha mão esquerda, estendi meus dedos como num leque e nós tocamos nossos dedos. E a Mãe disse:

— Está tudo bem, Christopher. Está tudo bem. Não há tubarões na Cornualha.

E então eu me senti melhor.

Só que não me lembro de nada de antes dos meus 4 anos porque eu não olhava para as coisas do jeito certo, e daí não consigo me lembrar de nada direito.

E é assim que reconheço alguém, quando não sei quem a pessoa é. Eu vejo o que as pessoas estão vestindo, ou se alguém usa uma bengala para andar, ou tem um cabelo engraçado, um certo tipo de óculos, ou se elas têm uma forma particular de movimentar os braços e eu uso o **Search** em minhas memórias, para ver se eu já as encontrei antes.

É assim também que decido como agir em situações difíceis, quando não sei o que fazer.

Por exemplo, se as pessoas dizem coisas que não fazem sentido como: "Até mais, bicho", "Você vai acabar com a boca cheia de formiga por causa disso!", eu dou um **Search** e checo se já escutei alguém dizer isso antes.

E se vejo alguém deitado no chão da escola, uso o **Search** para passar toda minha memória até achar uma imagem de alguém tendo um ataque epiléptico e então comparo a imagem com o que está acontecendo na minha frente e decido se a pessoa está deitada apenas por causa de um jogo ou brincadeira, ou tirando uma soneca, ou se está tendo um ataque epiléptico. E se ela está tendo um ataque epiléptico, eu afasto do lugar qualquer móvel que esteja próximo a ela, para evitar que bata a cabeça, tiro minha jaqueta e ponho debaixo da cabeça dela e vou e chamo um professor.

Outras pessoas também têm imagens em suas cabeças. Mas elas são diferentes porque as imagens na minha cabeça são imagens de coisas que realmente aconteceram. E outras pessoas têm imagens em suas cabeças de coisas que não são reais e que não aconteceram.

Por exemplo, a Mãe costumava dizer às vezes:

— Se eu não tivesse me casado com seu pai, acho que estaria morando numa pequena fazenda no sul da França com alguém chamado Jean. E ele seria, uau!, um faz-tudo local. Você sabe, faria pintura, decoração para as pessoas, jardinagem, cercas de todo o tipo. E teríamos uma varanda com figueiras crescendo ao redor, teríamos um campo de girassóis no fundo do jardim e uma pequena cidade na montanha ao longe, e nos sentaríamos do lado de fora às tardes, beberíamos vinho tinto, fumaríamos cigarros Gauloises e admiraríamos o pôr-do-sol.

E Siobhan uma vez disse que quando ela se sentia deprimida ou triste, fechava seus olhos e imaginava que estava numa casa em Cape Cod com sua amiga Elly, e elas fariam uma viagem num navio de Princetown e iriam até a enseada para observar as baleias jubartes, e aquilo faria elas se sentirem calmas, tranqüilas e felizes.

Tem vezes, quando alguém morre, como a Mãe morreu, que as pessoas dizem:

— O que você iria querer dizer para sua mãe, se ela ainda estivesse aqui?

Ou...

— O que sua mãe pensaria disso?

... que é muito estúpido porque a Mãe está morta e você não pode dizer nada para as pessoas que estão mortas e pessoas mortas não podem pensar.

E a Avó tem imagens em sua cabeça, também, mas suas imagens são todas confusas, como alguém que misturou um filme e ela não pode dizer o que aconteceu na ordem em que aconteceu, e assim ela pensa que as pessoas mortas ainda estão vivas e ela não sabe se alguma coisa aconteceu na vida real ou se aconteceu na televisão.

127

Quando voltei da escola, o Pai ainda estava no trabalho, então abri a porta da frente, entrei e tirei meu casaco. Fui para a cozinha e coloquei minhas coisas na mesa. E uma das coisas era este livro, que eu tinha levado para a escola para mostrar a Siobhan. Eu fiz para mim um copo de leite batido com framboesa, aqueci no microondas e fui para a sala para ver um dos meus vídeos do *Planeta Azul*, sobre a vida nas partes mais profundas do oceano.

O vídeo era sobre as criaturas do mar que viviam ao redor de vulcões de enxofre, que são vulcões submersos de onde os gases são lançados da crosta da terra para a água. Os cientistas nunca acreditaram que houvesse lá algum organismo vivo porque é quente demais e um bocado venenoso, mas há ecossistemas inteiros lá.

Eu gosto deste trecho porque mostra que há sempre alguma coisa nova que a ciência pode descobrir, e que todos os fatos que você toma como dados podem estar completamente errados. E também gosto do fato de que eles estejam filmando um lugar que é mais difícil de alcançar do que o topo do Monte Everest, mas que está somente poucos quilômetros abaixo do nível do mar. E é um dos lugares mais quietos, escuros e secretos da Terra. E gosto de imaginar que estou lá, vez por outra, numa esfera submergível metálica, com janelas de vidro de 30 cm de grossura para evitar que implodam sob a pressão. E fico pensando, então, que sou a única pessoa dentro dele, e imagino que ele não esteja conectado a nenhum navio, nenhum mesmo, mas que pode ser operado com sua energia própria e que eu posso controlar os motores e deslocá-lo para qualquer lugar que eu queira, no fundo do mar, e nunca mais ser encontrado.

O Pai chegou em casa às 17h48min. Eu o escutei entrando pela porta da frente. Então ele veio para a sala. Estava usando uma camisa xadrez verde limão e azul clara e havia um nó duplo no cadarço de um de seus sapatos, mas não no outro. O Pai tinha com ele um antigo anúncio do leite em pó Fussel, que era feito de metal e pintado com esmalte azul e branco e coberto com pequenos círculos de ferrugem, que eram como buracos de balas, mas ele não explicou porque estava carregando aquilo.

Ele disse:

— Como vai, parceirão — que é uma piada que ele faz.

E eu disse:

— Olá.

Continuei vendo o vídeo e o Pai foi para a cozinha.

Eu tinha me esquecido que tinha deixado meu livro na mesa da cozinha porque estava muito interessado no vídeo do *Planeta Azul*. É o que chamam de *Baixar sua guarda*, e é o que você nunca deve fazer se você é um detetive.

Eram 17h54min quando o Pai voltou para a sala. Ele disse:

— O que é isto? — Mas ele falou muito tranqüilamente e eu não percebi que ele estava irritado, porque ele não estava gritando.

Ele estava segurando o livro na sua mão direita.

Eu disse:

— É o livro que estou escrevendo.

E ele perguntou:

— Isto é verdade? Você conversou com a senhora Alexander?

Ele disse isto numa voz muito calma também, então eu ainda não tinha percebido que ele estava irritado.

E eu respondi:

— Sim.

Então ele exclamou:

— Puta merda, Christopher! Como você pode ser tão estúpido?

Isto é o que Siobhan chama de uma *pergunta retórica*. Tem um sinal de interrogação no final, mas não se espera que você a responda porque a pessoa que está lhe perguntando já conhece a resposta. É difícil reconhecer uma pergunta retórica.

Então o Pai disse:

— O que eu lhe disse, Christopher?

Ele falou isto mais alto.

E eu repliquei:

— Para não mencionar o nome do senhor Shears na nossa casa. E não perguntar para a senhora Shears, ou qualquer outra pessoa, sobre quem matou aquele maldito cachorro. E não ir entrando nos jardins dos outros. E para parar com essa ridícula brincadeira de detetive. E eu não fiz nenhuma destas coisas. Eu somente perguntei para a senhora Alexander sobre o senhor Shears porque...

Mas o Pai me interrompeu e disse:

— Não tente me enrolar, seu merdinha. Você sabia exatamente a droga que estava fazendo. Eu li o livro, lembre-se! — E quando disse isto, ele ergueu o livro e sacudiu-o. — E o que mais eu disse, Christopher?

Eu pensei que podia ser outra pergunta retórica, mas eu não estava certo. Estava difícil resolver o que dizer porque eu estava começando a ficar assustado e confuso.

Então o Pai repetiu a pergunta:

— O que mais eu falei, Christopher?

Eu respondi:

— Eu não sei.

— Ande. Você tem uma ótima memória, rapaz.

Mas eu não conseguia mais pensar.

E o Pai disse:

— Para não meter a porra do seu nariz nos problemas dos outros. E o que você fez? Você meteu o nariz nos problemas dos outros. Você resolveu revirar o passado e espalhar essa merda toda para todo fulano com que você esbarra por aí. O que eu vou fazer com você, Christopher? Que porra agora eu vou fazer com você?

Eu disse:

— Eu estava apenas batendo um papo com a senhora Alexander. Eu não estava investigando.

E ele disse:

— Eu pedi a você para fazer uma coisa por mim, Christopher. Uma única coisa... mais nada!

E eu disse:

— Eu não queria conversar com a senhora Alexander. Foi a senhora Alexander que...

Mas o Pai me interrompeu e agarrou o meu braço, muito forte.

O Pai nunca tinha me agarrado daquele jeito antes. A Mãe me machucou, umas vezes, porque ela tinha um temperamento muito esquentado, o que quer dizer que ela ficava irritada mais depressa que qualquer outra pessoa, e ela gritava comigo com mais freqüência. Mas o Pai é uma pessoa equilibrada, o que significa que ele não fica irritado tão rapidamente e que ele não grita com freqüência. Então, fiquei muito surpreso quando ele me agarrou.

Eu não gosto que as pessoas me agarrem. Nem gosto de ser surpreendido. Então bati nele, como bati no policial quando ele segurou meus braços e me botou de pé. Mas o Pai não me largou, e ele estava gritando. E eu bati nele de novo. E então eu não sei o que eu fiz mais.

Eu não me lembro de nada do que aconteceu por um período de tempo. Eu sei que foi um curto período de tempo porque olhei meu relógio mais tarde. Foi como se alguém tivesse me desligado da tomada e depois me ligado de novo. E quando me ligaram de novo eu estava sentado no tapete com minhas costas na parede e havia sangue na minha mão direita e um lado da minha cabeça estava doendo um bocado. E o Pai estava em pé no tapete, a um metro, à minha frente, me olhando, e ele ainda estava segurando meu livro em sua mão direita, mas meu livro estava dobrado ao meio, e os cantos estavam revirados, e havia um arranhão na nuca dele e um grande rasgão na manga de sua camisa xadrez verde e azul e ele estava respirando bem pesado.

Depois de um minuto, ele se virou e caminhou para a cozinha. Então, ele destrancou a porta dos fundos, que dá para o jardim, e saiu. Eu o ouvi levantando a tampa da lata de lixo, deixando cair alguma coisa nela e colocando a tampa no lixo de volta. Então, ele voltou para a cozinha, mas não estava mais carregando o livro. Ele trancou a porta dos fundos, colocou a chave no pequeno jarro chinês, que tem a forma de uma freira gorda, ficou em pé no meio da cozinha e fechou seus olhos.

Então ele abriu seus olhos e disse:

— Eu preciso de um gole, porra!

E pegou uma latinha de cerveja.

131

Aqui estão algumas das razões por que odeio amarelo e marrom.

AMARELO

1. **Creme de Ovos**

2. **Bananas** (bananas também ficam marrons)

3. **Linhas duplas amarelas**

4. **Febre Amarela** (que é uma doença da América tropical e da África Ocidental que provoca febre alta, nefrite aguda, icterícia, hemorragia, e é causada por um vírus transmitido pela mordida do mosquito chamado *Aëdes aegypti*, que é também chamado de *Stegomya fasciata*; e nefrite é uma inflamação dos rins)

5. **Flores amarelas** (porque eu peguei febro do pólen amarelo, que é um dos três tipos de febre do feno, os outros são do pólen da grama e do pólen do cogumelo, e fiquei muito mal)

6. **Milho verde** (porque sai nas suas fezes, você não o digere, então significa realmente que você não o come, como grama ou folhas)

MARROM

1. Sujeira

2. Molho

3. Fezes

4. **Madeira** (porque as pessoas costumavam fazer máquinas e carros da madeira, mas eles não fazem mais porque a madeira quebra, fica podre e, às vezes, cheias de vermes, e agora as pessoas fazem máquinas e carros de metal e plástico que são melhores e mais modernos)

5. **Melissa Brown** (que é uma garota da escola, que não é realmente marrom como Anil ou Mohammed, é só o seu nome, mas ela rasgou minha pintura de um grande astronauta, no meio, e eu o joguei fora mesmo depois do senhor Peter ter passado fita adesiva e colado as duas partes de novo porque parecia partida)

A senhora Forbes disse que odiar amarelo e marrom é apenas ser tolo. E Siobhan disse que ela não deveria dizer esse tipo de coisas e que todos têm suas cores favoritas. E Siobhan estava certa. Mas a senhora Forbes estava um pouco certa, também. Porque é uma espécie de tolice. Mas, na vida, você tem de tomar muitas decisões e se você não toma decisões você nunca faz coisa nenhuma porque você passa todo o tempo escolhendo entre coisas que você pode fazer. Então é bom raciocinar por que você odeia algumas coisas e gosta de outras. É como estar num restaurante, como quando o Pai me leva para o *Berni Inn*, e você olha para o cardápio e você tem de escolher o que você vai querer. Mas você não sabe se vai gostar de determinada coisa porque você não provou ainda, então você tem seus pratos favoritos e escolhe estes, e há pratos que você não gosta e você não escolhe, assim fica fácil.

137

No dia seguinte, o Pai disse que sentia muito ter batido em mim e que ele não fez de propósito. Ele me fez lavar o corte de meu rosto com Dettol para garantir que não haveria infecção, e pôs um curativo para não sangrar.

Então, como era sábado, disse que me levaria a um passeio para mostrar que ele realmente estava arrependido e que iríamos ao Twycross Zôo. Ele fez sanduíches com pão branco, tomates, alface, presunto e geléia de morango para comer, porque eu não como comida de lugares que não conheço. E disse que tudo daria certo porque não ia haver gente demais no zoológico porque a previsão era de chuva e eu fiquei satisfeito porque não gosto de multidões e eu gosto quando está chovendo. Então eu fui e peguei minha capa de chuva, que era laranja.

Assim, nos dirigimos para o Twycross Zôo.

Eu nunca tinha estado no Twycross Zôo antes, então não tinha ainda uma imagem na minha mente, antes de a gente chegar lá, e nós compramos um guia do centro de informação, andamos pelo zôo todo e eu decidi quais eram os meus animais favoritos.

Meus animais favoritos eram

1. **RANDYMAN**, que é o nome do mais velho **macaco-aranha de rosto vermelho e preto** (*Ateles paniscus paniscus*) já mantido em cativeiro. Randyman tem 44 anos, a mesma idade do Pai. Ele era o animal de estimação de um navio e tinha uma faixa de cor metálica ao redor da barriga, como nas histórias sobre piratas.

2. Os **LEÕES-MARINHOS DA PATAGÔNIA**, chamados Milagre e Estrela.

3. MALIKU, que é um **orangotango**. Gostei dele, principalmente porque ele fica deitado num tipo de rede feito de umas calças de pijamas com listas verdes, e tinha uma placa de plástico azul próximo à jaula que dizia que ele mesmo havia feito a rede.

Então nós fomos para o bar e o Pai pediu um linguado, batatas fritas e torta de maçã, e sorvete de creme e um bule de chá Earl Grey, e eu comi meus sanduíches e li o guia sobre o zôo.

E o Pai disse:

— Eu gosto muito de você, Christopher. Nunca se esqueça disto. E eu sei que, de vez em quando, perco a cabeça. Sei que fico zangado demais. Que eu grito. E sei que não deveria fazer isso. Mas é só porque eu me preocupo com você, porque não quero ver você metido em problemas. Não quero que você se magoe. Você entende?

Eu não sabia se tinha entendido. Então eu disse:

— Eu não sei.

E o Pai disse:

— Christopher, você entende que eu amo você?

E eu falei:

— Entendo.

Porque amar alguém é ajudá-lo quando ele está com problemas, tomar conta dele, falar sempre a verdade, e o Pai toma conta de mim quando eu estou com problemas, como quando foi atrás de mim, no distrito policial, cozinha para mim e sempre me diz a verdade, o que significa que ele me ama.

E então ele levantou sua mão direita, estendeu seus dedos num leque e eu levantei minha mão esquerda, estendi meus dedos como um leque e tocamos nossos dedos e polegares. Então eu peguei um pedaço de papel de minha maleta e fiz um mapa do zôo de memória, como teste. O mapa era assim:

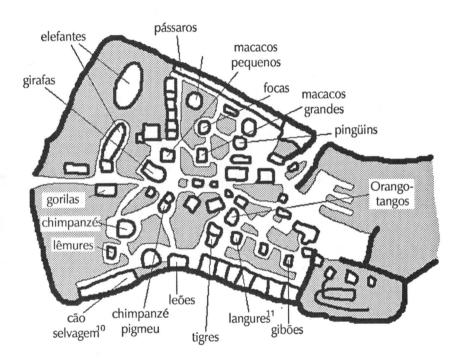

Então, fomos olhar as girafas. E o cheiro das fezes delas era como o das gaiolas dos roedores da escola, quando nós tínhamos

---

[10] O cão selvagem é o cão *selvagem indiano* e parece uma raposa.

[11] O langur é o macaco *Entellus*.

roedores, e quando elas corriam suas pernas eram tão compridas que parecia que estavam correndo em câmara lenta.

Então o Pai falou que tínhamos de ir embora porque as estradas iam ficar com muito tráfego.

139

Eu gosto do Sherlock Holmes, mas eu não gosto do *sir* Arthur Conan Doyle, o autor das histórias do Sherlock Holmes. É porque ele não era como Sherlock Holmes e ele acreditava no sobrenatural. E quando ele ficou velho, entrou para a Sociedade Espiritualista, o que quer dizer que ele acreditava que podia se comunicar com os mortos. Isto porque seu irmão morreu de gripe durante a I Guerra Mundial e *sir* Conan Doyle ainda queria conversar com ele.

E em 1917, aconteceu um caso famoso, chamado **O caso das fadas de Cottingley.** Duas primas chamadas Frances Griffiths, que tinha 9 anos, e Elsie Wright, de 16 anos, disseram que costumavam brincar com fadas na beira de um riacho chamado Cottingley Beck, e usaram a câmera do pai de Frances para tirar cinco fotografias das fadas, como esta

Mas elas não eram fadas de verdade. Foram desenhadas em pedaços de papel que elas cortaram e penduraram com alfinetes, porque Elsie era uma artista muito boa, de verdade.

Harold Snelling, que era um especialista em fotografia falsa, disse:

Estas figuras dançantes não são feitas de papel nem de tecido; elas não estão pintadas num fundo de cena fotográfico — mas o que mais me intriga é que todas estas figuras se mexeram durante a exposição do filme.

Mas ele bancou o idiota porque o papel também se movimentaria durante uma exposição, e a exposição foi muito longa porque na fotografia você pode ver uma pequena queda d'água no fundo, e está toda borrada.

Então, *sir* Arthur Conan Doyle ouviu falar sobre as fotografias e declarou que acreditava que elas fossem reais em um artigo numa revista chamada **The Strand**. Mas ele foi idiota também, porque, quando se olha as fotografias, dá para ver que as fadas parecem exatamente como as fadas dos livros antigos e elas têm asas, roupas, malhas e sapatos, e isso é como se alienígenas aterrissassem na Terra como Daleks do **Doctor Who** ou como os soldados das tropas imperiais da Estrela da Morte de **Guerra nas estrelas**, ou os pequenos homens verdes das caricaturas dos alienígenas.

E, em 1981, um homem chamado Joe Cooper entrevistou Elsie Wright e Frances Griffiths para um artigo numa revista chamada **O inexplicável**, e Elsie Wright disse que as cinco fotografias eram falsas, e Frances Griffiths disse que quatro eram falsas, mas uma era verdadeira. E elas disseram que Elsie tinha desenhado as fadas a partir de um livro chamado **Princess Mary's Gift Book**, de Arthur Shepperson.

E isto mostra que algumas vezes as pessoas querem ser estúpidas e não querem saber a verdade.

E isto demonstra que uma coisa chamada Navalha de Occam é a mais pura verdade. É que a Navalha de Occam não é a navalha com que os homens se barbeiam, mas uma lei, que diz:

Entia non sunt multiplicanda praeter necessitatem.

Isso é latim e significa:

Nenhuma coisa deve ter sua existência presumida se não for absolutamente necessária.

O que significa que uma vítima de um assassinato é geralmente morta por alguém conhecido e fadas são feitas de papel e você não pode conversar com alguém que já está morto.

149

Quando fui para a escola na segunda-feira, Siobhan me perguntou porque eu estava com um hematoma numa das faces. Eu disse que o Pai ficou aborrecido, que tinha me agarrado, então eu bati nele, e que tivemos uma briga. Siobhan me perguntou se o Pai tinha me batido e eu disse que não sabia porque eu tinha ficado muito transtornado de raiva e isto fez minha memória ficar esquisita. E então ela perguntou se o Pai tinha me batido porque estava irritado. E eu disse que ele não tinha me batido, tinha me agarrado, e que ele estava irritado. E Siobhan perguntou se ele tinha me agarrado com muita força e eu disse que ele tinha, sim, me agarrado com muita força. E Siobhan perguntou se eu estava com medo de voltar para casa e eu disse que não estava. E então ela perguntou se eu queria falar mais sobre isto e eu disse que não queria. Ela disse:

— OK.

E nós não conversamos mais sobre isto, porque agarrar é OK se é no seu braço ou no seu ombro, quando você está aborrecido, mas você não pode agarrar o cabelo de alguém ou o rosto. Mas bater não é OK, a não ser que você já esteja numa briga com alguém, e aí não é tão mal.

E quando voltei para casa da escola, o Pai ainda estava no trabalho, então fui para a cozinha e peguei a chave no pequeno jarro chinês com o formato de uma freira, abri a porta de trás, saí e olhei dentro da lata de lixo para procurar meu livro.

Eu queria meu livro de volta porque gostei de escrevê-lo. Eu gostei de ter um projeto para fazer e gostei especialmente porque era um projeto difícil como um livro. Além disso, eu ainda não tinha descoberto quem havia matado o Wellington e era no meu livro que eu tinha guardado todas as pistas que tinha descoberto e eu não queria jogá-las fora.

Mas meu livro não estava na lata de lixo.

Coloquei a tampa de volta na lata de lixo e atravessei o jardim para dar uma espiada na lata onde o Pai joga lixo do jardim, como aparas de grama e maçãs que caem das árvores, mas meu livro também não estava lá.

Eu me perguntei se o Pai o tinha colocado em seu furgão, dirigido lá para cima da rua e jogado meu livro numa daquelas grandes latas, mas eu não queria que fosse verdade porque então eu nunca mais o veria de novo.

Uma outra possibilidade era que o Pai tivesse escondido meu livro em algum lugar da casa. Então, resolvi bancar um pouco o detetive e ver se eu conseguia encontrá-lo. Só que fiquei de ouvido bem atento o tempo todo, para poder escutar o furgão quando ele se aproximasse de casa e, assim, ele não me pegaria fazendo o papel de detetive.

Comecei olhando na cozinha. Meu livro tinha aproximadamente **25cm x 35cm x 1cm**, então não podia estar escondido num lugar muito pequeno, o que significava que eu não teria de olhar em nenhum lugar realmente pequeno. Olhei em cima e embaixo dos armários, atrás das gavetas, embaixo do forno, usei minha lanterna especial e um pedaço de espelho do quarto de utilidades para me ajudar a ver nos lugares escuros da parte de trás dos armários, onde os ratos costumam se esconder quando vêm do jardim para ter seus filhotes.

Então investiguei no quarto de utilidades.

Então investiguei na sala de jantar.

Então investiguei na sala de estar, onde encontrei o volante que estava faltando do meu modelo Airfix Messerschmitt Bf 109 G-6, debaixo do sofá.

Então achei que tivesse ouvido o Pai chegar na porta da frente, daí eu pulei, tentei ficar em pé rápido e bati ruidosamente meus joelhos na extremidade da mesa do café, e isto me machucou um bocado, mas era somente os drogados da casa ao lado que haviam deixado alguma coisa cair no chão.

Subi as escadas, mas não procurei no meu quarto porque eu raciocinei que o Pai não esconderia alguma coisa de mim no meu próprio quarto, a menos que ele fosse muito inteligente e estivesse fazendo o que é chamado um *Blefe Duplo*, como em um romance de mistério e assassinato, assim resolvi só dar uma olhada no meu quarto no caso de eu não encontrar o livro em outro lugar.

Procurei no banheiro, mas o único lugar para olhar era no armário e não havia nada lá.

O que significava que o único lugar que faltava investigar era o quarto do Pai. Eu não sabia se deveria olhar lá dentro porque ele havia me dito certa vez para não mexer no seu quarto. Mas se ele queria esconder alguma coisa de mim, o melhor lugar para escondê-la seria no seu quarto.

Então, eu disse para mim mesmo que eu não ia bagunçar as coisas do quarto dele. Eu mexeria nelas e depois as colocaria de volta no lugar. E ele nunca saberia o que eu tinha feito e assim não ficaria irritado.

Comecei olhando embaixo da cama. Havia sete sapatos e um pente com muito cabelo, um pedaço de cachimbo de cobre, um biscoito de chocolate, uma revista pornográfica chamada *Fiesta*, uma abelha morta, uma gravata com desenho do Homer Simpson, uma colher de madeira, mas não o meu livro.

Em seguida, olhei as gavetas dos dois lados da cômoda, mas encontrei apenas aspirinas, uma tesoura de cortar unhas, pilhas, fio dental, um tampão, papel de seda, um dente falso de reserva para o caso do Pai perder o dente falso com o qual ele teve de preencher o espaço na boca, quando caiu da escada ao colocar uma gaiola de passarinho no jardim, mas meu livro não estava lá.

Procurei no armário de roupas. Estava cheio de roupas no cabide. Havia também uma pequena prateleira em cima que eu olhei, subindo na cama, mas tive de tirar meus sapatos para não deixar nenhuma pegada que poderia ser uma pista caso o Pai decidisse bancar o detetive e investigar também. Mas as únicas coisas na prateleira eram mais revistas pornográficas, uma torradeira quebrada, 12 cabides de arame de casaco e um secador de cabelos antigo que devia ter sido da minha mãe.

No fundo do armário havia uma caixa de ferramentas de plástico grande que estava cheia de ferramentas tipo Faça Você Mesmo, como uma broca, um pincel, alguns parafusos e um martelo, mas eu pude vê-los sem abrir a caixa porque era feita de um plástico cinza transparente.

Então, eu vi que havia outra caixa, debaixo da caixa de ferramentas, então retirei a caixa de ferramentas do armário. A outra caixa era uma velha caixa de papelão que é chamada de caixa de camisas porque as pessoas costumam comprar camisas que vêm dentro delas. E quando abri a caixa de camisas eu vi meu livro dentro dela.

Então eu não sabia o que fazer.

Eu estava feliz porque o Pai não tinha jogado meu livro fora. Mas se eu pegasse o livro, ele saberia que eu tinha mexido nas coisas do seu quarto e ele ficaria muito irritado e eu tinha prometido não mexer nas coisas do seu quarto.

Então, ouvi seu furgão se aproximando de casa e eu sabia que tinha de pensar rápido e ser inteligente. Decidi que deixaria o livro onde estava porque raciocinei que o Pai não iria jogá-lo fora se ele o havia colocado na caixa de camisas e eu podia continuar escrevendo em outro livro que eu manteria realmente em segredo e então, talvez mais tarde, ele poderia mudar de idéia e me devolveria o primeiro livro e eu poderia copiar o novo livro nele. E se ele nunca me devolvesse, eu conseguiria lembrar a maior parte do que eu tinha escrito, assim colocaria tudo no segundo livro, e se houvesse trechos que eu quisesse verificar para ter certeza de que eu havia lembrado deles corretamente, poderia voltar ao quarto, quando ele estivesse fora, para checar.

Então, eu ouvi o Pai gritando na porta do furgão.

E foi então que eu vi o envelope.

Era um envelope endereçado a mim e estava debaixo do meu livro na caixa de camisas com alguns outros envelopes. Eu o peguei. Nunca tinha sido aberto. Estava escrito:

Christopher Boone
Rua Randolph 36
Swindon
Wiltshire

Então eu notei que havia muitos outros envelopes e todos eram dirigidos a mim. Isto era interessante e esquisito.

E então eu percebi como as palavras Christopher e Swindon estavam escritas. Estavam escritas assim

Christopher

Swindon

Eu só conhecia três pessoas que faziam um pequeno círculo em vez de pingos na letra *i*. Uma delas era Siobhan, a outra era o senhor Loxely, que me ensinava na escola, e a outra era a Mãe.

Eu ouvi o Pai abrindo a porta da frente, então peguei um envelope debaixo do livro, coloquei a tampa de volta na caixa de camisas e coloquei a caixa de ferramentas de volta, em cima, e fechei a porta do armário vagarosamente.

Então o Pai chamou:

— Christopher?

Eu não disse nada porque ele poderia ouvir de onde eu estava falando. Fiquei de pé e contornei a cama até a porta, segurando o envelope e tentando fazer o menor barulho possível.

O Pai estava em pé no fundo das escadas e eu achei que ele podia me ver, mas ele estava passando a vista na correspondência, que tinha chegado naquela manhã, então sua cabeça estava apontada para baixo. Então, ele caminhou do pé da escada para a cozinha e eu fechei a porta do quarto dele calmamente e fui para o meu quarto.

Eu queria olhar o que havia no envelope, mas eu não queria que o Pai ficasse aborrecido, então escondi o envelope debaixo do meu colchão. Desci as escadas e fui falar com o Pai.

E ele perguntou:

— Então, o que você fez hoje, rapaz?

E eu respondi:

— Hoje, nós tivemos Habilidades Cotidianas com a senhora Gray, que falou sobre **Como Usar o Dinheiro** e **Transportes Públicos**. Comi sopa de tomate no almoço e três maçãs. Estudei matemática à tarde e fomos dar uma volta no parque com a senhora Peters, e aí juntamos flores para fazer colagens.

E o Pai disse:

— Excelente, excelente. O que você andou imaginando para o grude de hoje à noite?

Grude é comida.

Eu disse que eu queria ervilhas e brócolis.

E o Pai disse:

— Isso é moleza.

Eu me sentei no sofá e li um pouco mais do livro que estava lendo, chamado *Caos*, de James Gleick.

Então fui para a cozinha e comi minhas ervilhas e meus brócolis enquanto o Pai comia salsichas, ovos, pão frito e tomava uma caneca de chá.

O Pai disse:

— Eu vou colocar aquelas prateleiras na sala de estar, se você não se incomodar. Receio que vá fazer um pouco de barulho. Assim, se você quiser ver televisão, vamos ter de transferi-la lá para cima.

E eu disse:

— Eu vou subir e ficar sozinho no meu quarto.

E ele disse:

— Bom garoto.

E eu disse mais:

— Obrigado pelo jantar — e disse isso porque é educado.

E ele disse.

— De nada, garoto.

E subi para o meu quarto.

Quando já estava dentro do meu quarto, fechei a porta e peguei o envelope debaixo do meu colchão. Segurei a carta em direção à luz para verificar o que estava dentro do envelope, mas o papel era muito grosso. Eu me perguntei se deveria abrir o envelope porque era uma coisa que eu tinha tirado do quarto do Pai. Mas então eu raciocinei que estava endereçado a mim, daí, me pertencia e eu podia abri-lo.

Então, abri o envelope.
Dentro dele havia uma carta.
E isto era o que estava escrito na carta:

Estrada Chapter 451c
Willesden
Londres NW2 5NG
0208 887 8907

Querido Christopher,

Lamento que já tenha passado tanto tempo desde que lhe escrevi minha última carta. Tenho andado muito ocupada. Consegui um novo emprego, como secretária de uma fábrica que faz coisas de aço. Você gostaria muito de lá. A fábrica é cheia de máquinas imensas que fazem aço, cortam-no e dobram-no em qualquer formato que eles precisem. Esta semana eles estavam fazendo um telhado para um café numa loja do centro em Birmingham. Parecia uma imensa flor e eles vão estender uma lona sobre ele para fazê-lo parecer uma enorme tenda.

Além disso, mudamos para um novo apartamento, como você pode ver no endereço. Não é tão simpático como o antigo e eu não gosto muito de Willesden, mas é mais fácil para Roger ir ao trabalho e ele comprou-o (ele tinha alugado o anterior), então pudemos ter nossa própria mobília e pintar as paredes da cor que quiséssemos.

Foi por isso que se passou tanto tempo desde que lhe escrevi minha última carta, até porque tem sido um trabalho e tanto encaixotar todas as coisas e depois desencaixotá-las, além de me acostumar ao novo trabalho.

Estou muito cansada agora, preciso ir dormir e quero colocar esta carta na caixa de correio amanhã logo de manhã, então vou terminando por aqui e logo estarei escrevendo a você outra carta.

Você ainda não escreveu para mim, então sei que você ainda está aborrecido comigo. Eu sinto muito Christopher. Mas eu ainda o amo. Eu espero que você não fique triste comigo para sempre. Eu adoraria se você me escrevesse uma carta (mas lembre-se de enviá-la para o novo endereço).

Eu penso em você todo o tempo.

Muito amor,

Sua mamãe

X X X X X X

Então, fiquei confuso, mas confuso de verdade porque a Mãe nunca trabalhou como secretária de uma firma que faz coisas de aço. A Mãe trabalhou como secretária em uma grande garagem no centro da cidade. E a Mãe nunca morou em Londres. A Mãe sempre morou conosco. E a Mãe nunca tinha escrito uma carta para mim antes.

Não havia nenhuma data na carta, então eu fiquei me perguntando se alguém tinha escrito a carta e fingido ser a Mãe.

Então eu olhei na parte da frente do envelope e vi que havia um carimbo postal e que havia uma data no carimbo postal e era muito difícil de ler, mas dizia

O que significava que a carta fora posta no correio em 16 de outubro de 1997, o que era 18 meses depois que a Mãe morreu.

E então a porta do meu quarto se abriu e o Pai perguntou:

— O que você está fazendo?

Eu respondi:

— Estou lendo uma carta.

E ele disse:

— Terminei de furar as paredes. Está passando o programa sobre a natureza de David Attenborough. Você quer assistir?

Eu disse:

— OK.

Então ele desceu de novo.

Fiquei olhando para a carta e pensei bastante. Era um mistério e eu não conseguia resolvê-lo. Talvez a carta estivesse no envelope errado e tivesse sido escrita antes da Mãe morrer. Mas porque ela estava escrevendo de Londres? O lugar mais longe que ela já tinha ido foi uma semana quando ela foi visitar a sua prima Ruth, que teve câncer, mas Ruth vivia em Manchester.

E então pensei que talvez não fosse uma carta da Mãe. Talvez fosse uma carta para outra pessoa chamada Christopher, e da mãe daquele Christopher.

Eu estava todo agitado. Quando comecei a escrever meu livro havia somente um mistério para resolver. Agora eram dois.

Eu resolvi que não ia mais pensar sobre isso naquela noite porque eu não tinha informações suficientes e podia facilmente *Chegar a Conclusões Equivocadas*, como o senhor Athelney Jones, da Scotland Yard, que é uma coisa perigosa porque a gente tem de ter certeza de que tem todas as pistas disponíveis antes de começar a fazer deduções. Procedendo assim, é menos provável cometer erros.

Eu decidi que esperaria até o Pai sair de casa. Então, eu iria até o armário de seu quarto e olharia as outras cartas e veria de onde elas eram e o que diziam.

Dobrei a carta e a escondi debaixo do meu colchão para evitar de o Pai encontrá-la e ficar chateado. Daí, desci e fui ver televisão.

151

Tem muitas coisas que são misteriosas. Mas isso não significa que seja impossível explicá-las. É só que os cientistas ainda não encontraram a explicação.

Por exemplo, tem gente que acredita em fantasmas de pessoas que voltam depois da morte. Tio Terry disse que viu um fantasma numa loja de sapatos em um shopping em Northampton, disse que estava descendo para o porão quando viu alguém vestido de cinza atravessando lá no fundo, no final da escada. Mas, quando chegou lá embaixo, o porão estava vazio e não havia portas.

Daí, ele contou isso para a senhora da caixa registradora, na parte de cima da loja, e ela disse que era Tuck, o fantasma de um monge franciscano que vivia num monastério que ficava ali naquele lugar, anos atrás, e era por isso que o shopping se chamava **Shopping Center Frades Cinza**, e eles estavam acostumados a vê-lo, sempre, e não tinham medo dele.

Algum dia, os cientistas vão descobrir alguma coisa que explique os fantasmas, assim como descobriram a eletricidade, que explicou os relâmpagos, e pode ser que seja alguma coisa no cérebro das pessoas, ou alguma coisa relacionada ao campo magnético da Terra, ou pode ser até uma nova forma de energia. E então fantasmas não vão ser mais um mistério. Eles seriam como a eletricidade, o arco-íris e as frigideiras não-aderentes.

Mas, tem vezes que um mistério não é um mistério. E este é um exemplo de um mistério que não é um mistério.

Temos um pequeno lago artificial na escola com rãs que estão lá para podermos aprender como tratar animais com bondade e respeito, porque muitas das crianças da escola são horríveis com os animais e acham que é engraçado esmagar minhocas ou atirar pedras em gatos.

E tem anos em que há muitas rãs no lago e, em outros anos, há bem poucas. E se a gente desenhar um gráfico de quantas rãs já houve no lago, seria como este (mas este gráfico é o que é chamado de hipotético, o que significa que os números não são reais, é apenas uma *ilustração*).

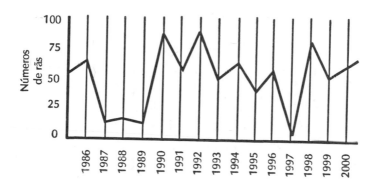

Agora, se você olhar o gráfico, dá para pensar que ocorreu um inverno muito frio em 1987, 1988, 1989 e 1997, ou que pousou um garça no lago e comeu um bocado de rãs (há vezes em que chega uma garça e tenta comer as rãs, mas há uma tela sobre o lago para evitar isto).

Mas só que tem vezes que não tem nada a ver com invernos frios, gatos ou garças. Tem vezes que é apenas matemática.

Aqui está uma fórmula para a população de animais

$$N_{nova} = \lambda \, (N_{velha}) \, (1 - N_{velha})$$

Nesta fórmula, N significa a densidade da população. Quando N = 1, a população é a maior que é possível ter no lago. E quando N = 0, a população está extinta. N_{nova} é a população de um ano e N_{velha} é a população do ano anterior. E λ é o que é chamado de constante.

Quando λ é menor que 1, a população diminui e diminui cada vez mais até se extinguir. E quando λ está entre 1 e 3, a população aumenta e então fica estável, como aí embaixo (e estes gráficos são hipotéticos, também)

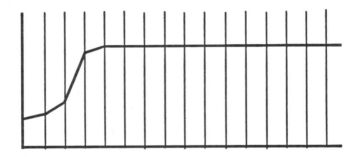

E quando λ está entre 3, e 3,57, a população varia em ciclos como este

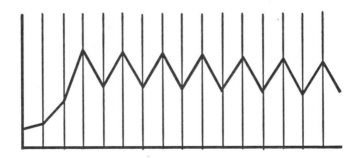

Mas quando λ é maior do que 3,57, a população torna-se caótica como no primeiro gráfico.

Isto foi descoberto por Robert May, George Oster e Jim Yorke. E significa que tem vezes que as coisas são tão complicadas que é impossível prever o que vai acontecer, mas elas somente estão obedecendo a regras bastante simples.

Isto é, às vezes, uma população inteira de rãs, minhocas ou pessoas pode morrer por uma razão qualquer, apenas porque é a forma com que os números trabalham.

157

Passaram-se seis dias até que eu pudesse voltar ao quarto do Pai para olhar de novo na caixa de camisas do armário.

No primeiro dia, que era uma quarta-feira, Joseph Fleming tirou as calças e fez as coisas que devia fazer no banheiro ali mesmo no chão, e começou a comer o que ele fez, mas o senhor Davis chegou e conseguiu fazê-lo parar.

Joseph come tudo que pega. Uma vez ele comeu um daqueles pequenos blocos de desinfetante azul que fica pendurado nas privadas. E uma vez ele comeu uma nota de 50 libras da carteira da mãe dele. E ele come barbante, elásticos, pano, papel escrito, tintas e garfos de plástico. Ele também fica com o queixo caído e frouxo e grita um bocado.

Tyrone disse que havia um cavalo e um porco no cocô, então eu disse que ele era um idiota, mas Siobhan disse que ele não era. Esses bichos eram pequenos brinquedos de plástico da biblioteca que o pessoal da equipe usa para fazer os alunos contarem histórias. E o Joseph os comeu.

Então eu disse que eu não ia aos banheiros porque tinha cocô no chão e eu me sentia mal só de pensar nisso, mesmo depois de o senhor Ennison ter vindo limpar o chão. Eu fiz xixi nas minhas calças e tive de colocar minhas calças de reserva, que ficam no armário de roupas de reserva que está sempre trancado e fica na sala da senhora Gascoyne. Então Siobhan disse que eu podia usar os banheiros da sala da equipe por dois dias, mas somente por dois dias e então eu teria de usar os banheiros dos garotos de novo. E foi o acordo que fizemos.

No segundo, terceiro e quarto dias, que foram quinta, sexta e sábado, nada de interessante aconteceu.

No quinto dia, que era um domingo, choveu muito forte. Eu gosto quando chove forte. Parece que nem um zumbido que fica soando por toda volta e é como o silêncio, mas não é um barulho vazio.

Subi as escadas, sentei-me no meu quarto e fiquei observando a água caindo na rua. Estava caindo tão forte que pareciam faíscas brancas (é uma comparação, também, não uma metáfora). E não havia ninguém na rua porque todos estavam dentro de suas casas. Isto me fez pensar como toda a água do mundo está conectada e esta água tinha evaporado dos oceanos de algum lugar do meio do golfo do México ou da baía de Baffin, e agora estava caindo em frente da minha casa e ia ser drenada pelos esgotos e ia ser levada embora e escoaria para uma estação de águas onde se tornaria limpa e então iria para um rio e voltaria para o oceano novamente.

Então, segunda-feira à tarde, o Pai recebeu um telefonema de uma senhora cujo porão havia ficado inundado e ele teve de sair para resolver tudo de emergência.

Quando está acontecendo uma única emergência, Rhodri vai e conserta porque sua mulher e filhos moram em Somerset, o que quer dizer que ele não tem nada para fazer durante as tardes, a não ser jogar bilhar, beber, ver televisão e ele precisa fazer serviço extra para ganhar dinheiro e mandar para sua esposa para ajudá-la a tomar conta das crianças. E o Pai tem de tomar conta de mim. Mas, nesta tarde, havia duas emergências, então o Pai disse para eu me comportar e ligar para ele no celular se houvesse algum problema e então ele saiu no furgão.

Assim, fui para o quarto dele, abri o armário, tirei a caixa de ferramentas de cima da caixa de camisas e abri a caixa de camisas.

Eu contei os envelopes. Havia 43. Eram todos endereçados a mim com o mesmo tipo de letra.

Peguei um e abri.

Dentro havia esta carta:

3 de maio

Estrada Chapter 451 c
Londres NW2 5NG
0208 887 8907

Querido Christopher,

Finalmente, temos uma geladeira e um fogão novos! Roger e eu fomos de carro ao depósito de lixo no fim de semana para jogar fora os velhos. É onde as pessoas jogam todas as coisas fora. Lá tem uns contêineres enormes de três diferentes cores para garrafas, papelão, máquinas a óleo, restos de limpeza de jardim, lixo doméstico e objetos maiores (foi onde colocamos o fogão e a geladeira velhas).

Então, fomos até uma loja de coisas usadas e compramos um fogão e uma geladeira. Agora a casa parece um pouco mais como um lar.

Eu estava olhando umas fotos antigas na noite passada, que me fizeram ficar triste. Encontrei uma foto sua brincando com um trenzinho que compramos para você há alguns natais. E isto me fez feliz porque foi um dos bons momentos que tivemos juntos.

Você se lembra que brincou com o trenzinho o dia todo e recusou-se a ir para a cama à noite porque ainda estava brincando? E você se lembra que falamos com você sobre a tabela de horários do trem e você fez uma tabela de horários do trem, e você tinha um relógio e você fez os trens correrem sempre na hora certa? E havia uma pequena estação de madeira, também, e nós lhe mostramos que as pessoas que queriam pegar o trem iam até a estação, compravam um bilhete e pegavam o trem, lembra? E então nós conseguimos um mapa, mostramos a você todas aquelas pequenas linhas que eram as linhas de trem que conectavam todas as estações. E você brincou com o trenzinho por semanas, semanas e semanas e nós compramos mais trens e você sempre sabia para onde eles estavam indo.

Adorei ficar relembrando essas coisas.

Tenho de sair agora. São 3h30min da tarde. Sei que você sempre gosta de saber exatamente que horas são. Tenho de ir ao mercado comprar presunto para acompanhar o chá de Roger. Vou colocar esta carta na caixa de correio no caminho para a loja.

Amor,

Sua Mamãe
X X X X X X

Então abri outro envelope. Esta era a carta que estava dentro:

Estrada Lausanne 312, Apto 1
Londres N8 5BV
0208 756 4321

Querido Christopher,

Eu disse que, quando tivesse tempo, queria lhe explicar por que fui embora. Agora tenho bastante tempo. Estou sentada aqui no sofá com esta carta e o rádio ligado, e vou tentar lhe explicar.

Eu não era uma boa mãe, Christopher. Talvez se as coisas tivessem sido diferentes, talvez se você fosse diferente, eu teria sido uma mãe melhor, mas as coisas são do jeito que são.

Eu não sou como seu pai. Seu pai é uma pessoa mais paciente. Ele consegue ir levando as coisas e, se algo o irrita, ele não demonstra. Mas eu não sou assim, e não tenho como mudar isso.

Você se lembra uma vez em que estávamos fazendo compras na cidade, juntos? Fomos para o Bentalls e estava um bocado cheio por lá, e compramos um presente de Natal para sua avó, lembra? Você ficou amedrontado por causa da quantidade de gente na loja. Estávamos bem na época das compras de Natal, quando todo mundo está na cidade. Eu estava conversando com o Sr. Land, que trabalhava no departamento de artigos de cozinha e foi meu colega de escola. Você se agachou no chão, colocou suas mãos sobre seus ouvidos e ficou bem no caminho das pessoas. Então eu fiquei irritada, porque também não gosto de fazer compras no Natal e disse a você para se comportar, daí tentei levantar você e fazer com que você saísse dali. Mas você soltou um berro, deu uma pancada na prateleira das batedeiras e então houve aquele estrondo. Todos se voltaram para ver o que estava acontecendo. O Sr. Land foi bastante simpático, mas havia todas aquelas caixas e pedaços de tigelas quebradas, no chão, todos estavam olhando e eu vi que você tinha urinado nas calças. Eu estava tão zangada que queria arrancar você daquela loja, mas você não queria me deixar tocá-lo. Você ficou deitado no chão, gritando, dando socos com suas mãos e batendo seus pés no chão, o gerente veio e perguntou qual era o problema, eu estava que já não me agüentava mais e tive de pagar por duas batedeiras quebradas, além de a gente ter de esperar até você parar de gritar. Depois, precisei ir para casa com você, andando, e levou horas até a gente chegar lá, mas eu sabia que você não ia entrar num ônibus novamente.

Me lembro que naquela noite tudo o que eu consegui fazer foi chorar, e chorar, e até que no início seu pai foi realmente um doce, ele fez o seu jantar, colocou você na cama, disse que estas coisas acontecem e que ia ficar tudo bem. Mas daí eu disse que não suportava mais e então ele acabou se irritando de verdade e me disse que eu estava sendo estúpida, que eu devia me controlar, daí eu dei um soco nele, o que foi errado, mas é que eu estava totalmente transtornada, entende?

Nós tivemos uma porção de brigas feito essa. E tudo porque eu sempre estava achando que não suportava mais. E o seu pai é muito paciente, mesmo, mas eu não sou, eu me irrito fácil, mesmo não querendo. E, finalmente, paramos de falar um com o outro, muito porque sabíamos que ia sempre terminar numa briga, que não íamos chegar a lugar nenhum. E eu me sentia tão sozinha!

E foi então que comecei a passar cada vez mais tempo com Roger. Quer dizer, é óbvio que eu já passava bastante tempo com Roger e Eileen. Mas foi aí que eu comecei a ver Roger sozinho, porque eu podia conversar com ele. Ele era a única pessoa com quem eu podia realmente conversar. E quando eu estava com ele, não me sentia mais sozinha.

Sei que você pode não entender nada disto, mas eu quis tentar explicar, pelo menos para você saber o que aconteceu.

E mesmo se você não entender agora, você pode guardar esta carta e lê-la mais tarde e talvez então você entenda.

Roger me disse que ele e Eileen não estavam mais se gostando e que eles não tinham mais amor um pelo outro fazia muito tempo. O que significava que ele estava se sentindo sozinho também. Então nós tínhamos muito em comum. Percebemos que estávamos apaixonados um pelo outro. Ele propôs que eu deixasse o seu pai para vivermos juntos. Mas eu disse que não podia deixar você, e ele ficou um bocado triste, mas entendeu que você era muito importante para mim.

Então você e eu tivemos uma briga. Você se lembra? Foi num jantar, de noite. Eu fiz uma coisa que eu não lembro o que foi para você, e você não comeu. Já fazia dias que você não comia, e parecia tão magro. Você começou a berrar, eu me irritei e atirei a comida pela sala toda. Eu sei que não devia ter feito isso. Daí, você se agarrou na mesinha de jantar e a jogou no chão, ela bateu no meu pé e me quebrou os dedos. Então, é claro, tivemos que ir para o hospital, e eu fiquei com meu pé engessado. Mais tarde, em casa, seu pai e eu tivemos uma briga séria. Ele disse que era minha culpa, por viver brigando com você. Disse que eu simplesmente deveria dar o que você quisesse, mesmo que fosse um prato de alface ou um milkshake de morango. Eu disse que apenas estava tentando fazer você comer alguma coisa saudável. E ele disse que você não podia evitar fazer o que fazia, nessas situações. Eu disse que eu também não conseguia fazer diferente, e que eu tinha perdido a cabeça, só isso. E ele disse que se ele conseguia se controlar, então eu também devia poder controlar meu maldito temperamento. E ficou falando coisas assim.

Fiquei sem poder andar direito por um mês inteiro, você se lembra? E seu pai teve de tomar conta de você. Me lembro que eu olhava para vocês dois, via vocês juntos e pensava como você era realmente diferente com ele. Você ficava sempre mais tranqüilo. E não ficavam berrando um com o outro. Isso me deixou triste porque era como dizer que na realidade você não precisava de mim. E, de certo modo, era ainda pior do que eu e você ficarmos brigando o tempo todo, porque era como se eu tivesse ficado invisível.

Acho que foi quando percebi que você e seu pai ficariam melhor se eu não morasse mais em casa. Daí, ele teria somente uma pessoa para tomar conta em vez de duas.

Roger disse que ele tinha pedido ao banco para ser transferido. Isso significa que ele tinha pedido a eles para trabalhar em Londres e que estava indo embora. Ele me pediu para ir embora com ele. Pensei um bocado no assunto, por algum tempo, Christopher. É verdade, juro. E isso partiu o meu coração, mas no final, decidi que seria melhor para todos nós se eu fosse embora. Então eu disse sim.

Eu queria me despedir. Eu ia voltar para pegar algumas roupas, quando você tivesse voltado da escola. E era então que eu ia explicar o que eu estava fazendo e dizer que eu voltaria para ver você sempre que pudesse e que você poderia ir para Londres de vez em quando para ficar conosco. Mas quando telefonei para seu pai, ele disse que eu não podia voltar. Ele estava muito irritado, e disse que não ia me deixar conversar com você. Eu não sabia o que fazer. Ele disse que eu estava sendo egoísta e que nunca mais pusesse os pés em casa. Então não voltei mais. Mas escrevi todas estas cartas.

Fico me perguntando se você pode entender tudo isso. Sei que vai ser muito difícil para você. Mas espero que você possa entender, pelo menos um pouco.

Christopher, eu nunca quis magoar você. Achei que estava fazendo o que era melhor para todos nós. Tomara que seja isso mesmo. Mas quero que você saiba que não é sua culpa.

Eu costumava sonhar que tudo ia ficar bem. Você se lembra que você costumava dizer que queria ser um astronauta? Bem, eu costumo sonhar que você é um astronauta e que está na televisão e daí eu penso "olha lá o meu filho!". O que será que você quer ser agora? Você mudou de idéia? Ainda gosta de matemática? Espero que sim.

Por favor, Christopher, escreva-me alguma coisa, ou me telefone. O número está no início da carta.

Amor e beijos,

Sua Mamãe
X X X X X X

Então abri o terceiro envelope. Esta era a carta que estava dentro:

18 de setembro

Estrada Lausanne, 312
Apartamento 1
Londres N8
0208 756 4321

Querido Christopher,

Bem, eu disse que eu escreveria para você toda semana e tenho feito isto. De fato, esta é a segunda carta desta semana, então estou fazendo mais do que prometi.

Consegui um emprego! Estou trabalhando em Camden, na Perkin e Rashid, uma empresa imobiliária e empreiteira. Isto significa que eles dão uma olhada nas casas, avaliam quanto elas custam, calculam quanto trabalho será necessário para reformá-las e quanto tudo custará. Também calculam quanto custará para construírem casa novas, escritórios e fábricas.

É um bom lugar para trabalhar. A outra secretária se chama Angie. Sua mesa é coberta de pequenos ursinhos, bonecos de pelúcia e fotografias de seus filhos (então eu coloquei uma foto sua na minha mesa). Ela é muito legal e sempre vamos almoçar juntas.

No entanto, não sei quanto tempo vou ficar aqui. Tenho de fazer uma porção de contas, quando mandamos as faturas para os nossos clientes e eu não sou boa em contas (você ia fazer isso muito melhor do que eu!).

A companhia é dirigida por dois homens, o Sr. Perkin e Sr. Rashid. O Sr. Rashid é do Paquistão, é muito severo e está sempre tentando nos fazer trabalhar mais depressa. O Sr. Perkin é esquisito (Angie chama-o de Perkin O Estranho). Quando ele chega e fica em pé junto de mim para fazer uma pergunta, sempre coloca suas mãos em meus ombros e se inclina, e então a cara dele fica quase junto da minha e dá até para sentir o cheiro de sua pasta de dentes. Nossa, isso me dá calafrios. O salário também não é muito bom. Assim, vou procurar alguma coisa melhor logo que possa.

Eu fui ao Palácio Alexandra outro dia. É um grande parque logo virando a esquina, saindo do nosso apartamento, e o parque é uma imensa colina com um grande largo no topo, e me fez pensar em você porque, se você viesse para cá, podíamos ir lá soltar pipas ou olhar os aviões chegando no aeroporto de Heathrow, e eu sei que você gostaria disto.

Tenho de terminar agora, Christopher. Estou escrevendo esta carta na minha hora de almoço (Angie está doente, com gripe, então nós não almoçamos juntas hoje). Por favor, me escreva quando puder e me diga como vai você e o que você está fazendo na escola.

Espero que você tenha recebido o presente que lhe enviei. Será que já conseguiu montá-lo? Roger e eu o vimos em uma loja, lá no mercado de Camden, e eu sei que você sempre gostou de quebra-cabeças. Roger tentou reunir as duas peças antes de o embrulharmos, mas não conseguiu. Ele disse que, se você conseguir, é porque você é um gênio.

Milhões e milhões de beijos, amor,

Sua Mamãe
X X X X

E esta era a quarta carta:

23 de agosto

Estrada Lausanne, 312
Apartamento 1
Londres N8

Querido Christopher,

Lamento que eu não tenha escrito na última semana. Tive de ir ao dentista e extraí dois molares. Você não deve se lembrar o que tínhamos de fazer para levar você ao dentista. Você não deixava ninguém colocar as mãos em sua boca, então tivemos de colocar você para dormir para o dentista conseguir extrair o seu dente. Bem, eles não me puseram para dormir, eles apenas me deram o que é chamado de anestésico local, o que quer dizer que a gente não sente nada na boca, o que é igualmente bom porque eles tiveram de serrar o osso para extrair o dente. Mas, pelo menos não doeu nada. Na verdade, eu fiquei rindo porque o dentista tinha de puxar tanto, e fazer tanta força, que eu acabei achando graça. Mas, quando voltei para casa, a dor começou e passei dois dias deitada no sofá, e tive de tomar muitos analgésicos...

Então eu parei de ler a carta porque comecei a passar mal.

A Mãe não tinha tido um ataque do coração. A Mãe não tinha morrido. A Mãe estava viva. Todo esse tempo, a Mãe estava viva. E o Pai tinha mentido para mim.

Eu fiz força para pensar se havia outra explicação, mas não achei nenhuma. E então eu não pude pensar em nada porque meu cérebro não estava trabalhando direito.

Eu me senti zonzo. Era como se o quarto estivesse balançando de um lado para outro, como se estivesse em cima de um edifício alto e o edifício estivesse balançando para trás e para frente sob um vento forte (isto é uma comparação, também). Mas eu sabia que o quarto não podia estar balançando para trás e para frente, então devia ser uma coisa que estava acontecendo na minha cabeça.

Eu me joguei na cama e fiquei enroscado como uma bola.

Meu estômago doía.

Não sei o que aconteceu porque ficou um vazio na minha memória, como um trecho de um vídeo que tivesse sido apagado. Mas eu sei que passou muito tempo porque, mais tarde, quando abri os olhos novamente, pude ver pela janela que estava escuro lá fora. E eu tinha mesmo passado mal, porque tinha vômito por toda a cama, nas minhas mãos, nos meus braços e no meu rosto.

Mas antes disto, eu ouvi o Pai chegar em casa e chamar pelo meu nome, que foi outra razão por que eu percebi que já tinha passado muito tempo.

Era estranho porque ele estava chamando:

— Christopher...? Christopher...?

... e eu podia ver meu nome escrito do jeito como ele estava falando. Acontece muito de eu poder ver o que alguém está dizendo como se estivesse escrito por extenso ou como se aparecesse na tela de um computador, principalmente quando a pessoa não está na mesma sala em que eu estou. Mas dessa vez não apareceu numa tela de computador. Dava para eu ver aquilo escrito bem grande, como se fosse um grande anúncio da lateral de um ônibus. E era como a letra de minha mãe, como isto:

Christopher Christopher

E então ouvi o Pai subindo as escadas e entrando no quarto. Ele disse:

— Christopher, que diabo você andou fazendo?

E eu sabia que ele estava no quarto, mas sua voz soava fraca e longe, como ficam as vozes das pessoas de vez em quando, quando estou berrando ou quando não quero ninguém perto de mim.

Ele disse:

— Que droga você fez...? Esse armário é meu, Christopher. E essas são... Oh, que merda! Merda, merda, merda, merda!

Então ele não disse nada por algum tempo.

Ele colocou sua mão em meus ombros, me pôs deitado de lado e disse:

— Meu Deus!

Mas não me machucou quando ele me tocou, como normalmente acontece. Dava para eu ver ele me tocando, como se fosse num filme que estava acontecendo no quarto, mas eu mal podia sentir a mão dele. Era como se o vento estivesse soprando para cima de mim.

Então ele ficou em silêncio de novo por algum tempo. E disse:

— Eu sinto muito, Christopher. Eu sinto muito.

Só então percebi que eu tinha vomitado, porque eu podia sentir alguma coisa molhada ao redor de mim e podia sentir o cheiro, como quando alguém vomita lá na escola.

Ele disse:

— Você leu as cartas.

Deu para eu escutar que ele estava chorando porque sua respiração parecia borbulhante e úmida, como acontece quando alguém está com um resfriado e fica com muito muco no nariz.

Então ele disse:

— Eu fiz isto para o seu bem, Christopher. Sinceramente, foi para o seu bem. Eu não queria mentir, juro. Mas achei que ia ser melhor se você não soubesse... que... que... eu não pretendia... eu ia mostrá-las a você, quando você ficasse mais velho.

Ele ficou em silêncio de novo.

Então ele disse:

— Foi... inevitável.

Então, ficou em silêncio novamente.

Então ele disse:

— Eu não sabia como dizer... Eu estava tão desnorteado... Ela deixou um bilhete e... Então ela telefonou e... eu disse que ela estava no hospital porque... porque eu não sabia como explicar. É tudo tão complicado. Tão difícil. E eu... Eu disse que ela estava no hospital. E eu sabia que não era verdade. Mas eu já tinha dito... eu não podia.... eu não podia mudar. Você entende... Christopher...? Christopher...? É como... Saiu fora de controle e eu quis...

Então ele ficou em silêncio por um longo tempo.

Então, ele tocou no meu ombro novamente e disse:

— Cristopher, nós temos de limpar você, tudo bem?

Ele sacudiu meus ombros um pouco, mas eu não me mexi.

Ele disse:

— Christopher, eu vou ao banheiro e vou lhe preparar um banho quente. Então, vou voltar e levar você para o banheiro, está bem? E depois eu vou colocar os lençóis na máquina de lavar.

Eu o ouvi levantar-se, ir ao banheiro e ligar as torneiras. Ouvi a água correndo no banheiro. Passou algum tempo até ele voltar. Então ele voltou, tocou novamente meu ombro e disse:

— Vamos fazer isto com calma, Christopher. Vou sentar você, tirar suas roupas e levá-lo ao banheiro, tudo bem? Eu vou tocá-lo, mas está tudo bem.

Ele me levantou e me sentou na lateral da cama. Tirou minha jaqueta e minha blusa e colocou-as sobre a cama. Então ele me fez ficar de pé e andar até o banheiro. E eu não gritei. E eu não lutei. E eu não bati nele.

163

Quando eu era pequeno e fui para a escola pela primeira vez, minha professora principal se chamava Julie, porque Siobhan ainda não tinha começado a trabalhar na escola. Ela só começou a trabalhar na escola quando eu estava com 12 anos.

Um dia, Julie sentou-se à mesa junto da minha e colocou um tubo de confeitos de chocolate na mesa e perguntou:

— Christopher, o que você acha que é isto aqui?

Eu respondi:

— Chocolate.

Ela pegou a tampa do tubo de chocolates, girou-o e um pequeno lápis vermelho surgiu, ela riu e disse:

— Não é chocolate, é um lápis.

Ela colocou o pequeno lápis vermelho de volta no tubo e colocou a tampa de volta.

Então, ela disse:

— Se sua mamãe entrasse agora e nós perguntássemos a ela o que tem dentro desse tubo, o que você acha que ela diria? —, porque eu costumava chamar a Mãe de *mamãe* e não de *a Mãe*.

E eu disse:

— Um lápis.

Isto porque quando eu era pequeno, eu não compreendia como as outras pessoas pensavam. E Julie tinha dito para a Mãe e o Pai que eu sempre ia achar isso muito difícil. Mas eu não achava isto difícil agora. Porque eu decidi que era um tipo de quebra-cabeça e se uma coisa é um quebra-cabeça, tem sempre uma maneira de resolvê-la.

É como os computadores. As pessoas pensam que computadores são diferentes das pessoas porque eles não têm pensamentos, ainda que, no teste Turing, computadores possam conversar com pessoas sobre o tempo, vinhos, ou como é a Itália, e consigam até mesmo fazer piadas.

Mas a cabeça das pessoas é apenas uma máquina complicada.

E quando nós olhamos as coisas, achamos que estamos somente olhando com nossos olhos, como se a gente estivesse olhando para fora de umas janelas pequenas, e que há uma pessoa na nossa cabeça, mas não há. O que estamos vendo é uma tela dentro de nossas cabeças, como uma tela de computador.

E dá para saber isso por causa de uma experiência que eu vi num seriado da tevê chamado **Como a mente funciona**. Nesta experiência você firma a sua cabeça e olha para uma página com coisas escritas, numa tela. Parece uma página normal com coisas escritas e nada está mudando. Mas, pouco depois, na medida em que seus olhos se movimentam pela página, você começa a perceber que alguma coisa está muito estranha porque quando você tenta ler um trecho da página que você leu antes, está diferente.

E isto porque quando seu olho se move de um ponto para outro, você não vê nada, como se estivesse cego. Os movimentos rápidos são chamados de *pulos*. Porque se a gente visse tudo quando nosso olho se move de um ponto para outro, a gente ficaria tonto. Na experiência, há um sensor que diz quando seu olho está se movimentando de um lugar para outro e, quando está fazendo isto, algumas palavras são mudadas na página, num ponto para onde você não está olhando.

Mas você não percebe que está cego durante os pulos porque seu cérebro preenche a tela de sua cabeça para fazer parecer que você está olhando de duas janelas pequenas saindo de sua mente. Você não percebe que as palavras mudaram numa outra parte da página porque sua mente produz imagens de coisas que você não está olhando naquele momento.

As pessoas são diferentes dos animais porque elas podem ter imagens nas telas de suas mentes de coisas que não estão olhando. Elas podem ter imagens de alguém que está em outra sala. Ou podem ter uma imagem do que vai acontecer amanhã. Ou podem ter imagens delas mesmas, sendo um astronauta. Ou podem ter imagens de números grandes, grandes de verdade. Ou podem ter imagens de cadeias de raciocínio, quando estão tentando raciocinar sobre alguma coisa.

E é por isso que um cachorro pode ir ao veterinário, fazer uma grande operação para colocar pinos de metal fincados em suas patas, mas daí, se ele vir um gato, esquece que tem pinos fincados nas patas e sai atrás do gato. Mas quando uma pessoa é operada, ela tem a imagem da dor, em sua mente, e a imagem continua por meses e meses. E ela tem uma imagem dos pontos em sua perna, do osso quebrado, dos pinos e até mesmo se vir um ônibus que tem de pegar, ela não corre porque tem uma imagem em sua cabeça dos ossos sendo esmigalhados, dos pontos rompendo e de mais dor.

Por isso é que as pessoas acham que os computadores não têm cabeça, e que seus cérebros são especiais e diferentes dos computadores. Porque as pessoas podem ver a tela em suas mentes e acham que há alguém em sua mente sentado olhando para a tela, como o capitão Jean-Luc Picard, em *Jornada nas estrelas: a nova geração*, sentado em seu assento de capitão olhando para uma grande tela. E elas acham que esta pessoa é a mente especial delas que é chamada de *homúnculo*, que significa homem pequeno. E elas acham que os computadores não têm esses homúnculos.

Mas esses homúnculos são apenas outra imagem na tela em suas cabeças. E quando o homúnculo está na tela em suas cabeças (porque a pessoa está pensando sobre o homúnculo), há outro pedaço do cérebro observando a tela. Quando a pessoa pensa sobre esta parte do cérebro (o pedaço que está olhando o homúnculo na tela), colocam este pedaço do cérebro na tela e há outro pedaço do cérebro observando a tela. Mas o cérebro não vê isso acontecendo porque é como o olho se movendo de um lugar para outro e as pessoas ficam cegas em suas cabeças quando mudam o pensamento, e deixam de pensar sobre uma coisa para pensar em outra. Por isto, os cérebros das pessoas são como computadores. E não é porque são especiais, mas porque elas têm de se manter desligadas por frações de segundo enquanto a tela muda. E porque há alguma coisa que elas não podem ver, as pessoas acham que isso tem de ser especial, porque as pessoas sempre acham que há alguma coisa de especial sobre o que elas não podem ver, como o lado escuro da lua, ou o outro lado de um buraco negro, ou no escuro, quando acordam à noite e ficam assustadas.

Além disso, as pessoas acham que não são computadores porque têm sentimentos e computadores não têm sentimentos. Mas sentimentos são apenas ter uma imagem na tela de sua cabeça do que vai acontecer amanhã ou no próximo ano, ou do que deveria ter acontecido em vez do que aconteceu, e se é uma imagem feliz, elas sorriem, e se é uma imagem triste, elas choram.

167

Depois do Pai ter me dado banho, limpado o vômito e me secado com uma toalha, ele me levou para a cama e me colocou algumas roupas limpas.

Então ele falou:

— Há alguma coisa que você queira comer esta noite?

Mas eu não disse nada.

Ele continuou:

— Posso fazer alguma coisa para você jantar, Christopher?

Mas eu continuei sem dizer nada.

Então ele falou:

— Está bem. Olhe. Estou indo botar suas roupas e os lençóis na máquina de lavar e logo estarei de volta, está bem?

Eu me sentei na cama e olhei para os meus joelhos.

Então o Pai saiu do quarto, apanhou minhas roupas do chão do banheiro e enfiou-as na cesta. Depois, ele veio, pegou os lençóis de sua cama e os colocou na cesta, junto com minha camisa e minha jaqueta. Ele apanhou tudo, então, e levou para baixo. Escutei, então, ele ligar a máquina de lavar, o bóiler começar a funcionar e a água dos canos entrar na máquina de lavar.

E foi só o que eu pude escutar por um longo tempo.

Comecei a multiplicar por 2, dentro da minha cabeça, porque isto me acalma. Eu consegui ir até **33.554.432**, que é **2^{25}**, e que não é muito porque eu já consegui ir até **2^{45}** antes, mas meu cérebro não estava funcionando muito bem.

Então o Pai voltou para o quarto e disse:

— Como você está se sentindo? Posso fazer alguma coisa?

Eu não disse nada. Continuei olhando para os meus joelhos.

E o Pai não disse mais nada. Ele apenas sentou-se na cama junto de mim, colocou seus cotovelos nos joelhos e ficou olhando para o tapete entre suas pernas, onde havia uma pequena peça vermelha de Lego com oito encaixes.

Então escutei Toby acordando, porque ele é um bicho noturno e eu o escutei correndo dentro de sua gaiola.

O Pai ficou silencioso por algum tempo.

Então ele disse:

— Olhe, talvez eu devesse ter lhe dito, mas... quero que você saiba que você pode confiar em mim. E... tudo bem, talvez eu não tenha lhe contado a verdade sempre. Deus sabe, eu tentei, Christopher, Deus sabe que tentei, mas... A vida é difícil, você sabe. É difícil dizer a verdade sempre. Às vezes é impossível. E quero que você saiba que estou tentando, realmente estou. Talvez não seja uma boa hora para dizer isto, e sei que você não vai gostar, mas... Você tem de saber que eu vou lhe dizer a verdade a partir de agora. Sobre todas as coisas. Porque... se eu não lhe disser a verdade agora, então mais tarde... você ficará mais sentido ainda. Então...

O Pai esfregou o rosto com suas mãos, empurrou o queixo para baixo com os dedos e olhou para a parede. Eu podia vê-lo pelo canto do olho.

Ele continuou:

— Eu matei o Wellington, Christopher.

Fiquei me perguntando se era uma piada, porque eu não entendo piadas, e quando as pessoas contam piadas não estão de verdade querendo dizer o que dizem.

Mas o Pai disse:

— Por favor. Christopher. Só... me deixe explicar, está bem?

Então ele inspirou fundo e disse:

— Quando sua mãe saiu... Eileen... a Sra. Shears... ela foi

muito boa para nós. Muito boa comigo. Ela me ajudou a superar um período muito difícil. E eu não tenho certeza se ia ter conseguido, se não fosse ela. Bem, você sabe, ela ficava aqui quase o dia inteiro. Ajudando, fazendo a comida e a limpeza. Toda hora dava uma passada para ver se estava tudo bem, se precisávamos de alguma coisa... Eu achei... Bem... Que merda, Christopher, eu estou tentando explicar de um jeito fácil... Eu pensei que ela podia continuar vindo aqui. Eu pensei... e talvez eu tenha sido um idiota. Eu pensei que ela pudesse... uma hora... mudar-se para cá. Ou que pudéssemos mudar para a casa dela. Nós... ficaríamos realmente, realmente bem. Eu achava que éramos amigos. Mas talvez estivesse errado. Acho... no final... bem, acabou que... Merda!... Nós discutimos, Christopher, e... Ela disse algumas coisas que eu não vou dizer a você porque não foram boas de ouvir, me feriram, mas... eu acho que ela gostava mais daquele maldito cachorro do que de mim, de nós. Talvez não tenha sido tão estúpido, pensando bem. Acho que nós dois somos um bocado difíceis, talvez. E talvez seja mais fácil viver tomando conta de uma porcaria de um cachorro do que compartilhar a vida com outros seres humanos reais. Quer dizer, droga, amigão, nós não somos exatamente de... dar pouco trabalho, somos? Bem, então, tivemos uma briga. Bem, muitas pequenas brigas para ser honesto. Mas depois de uma briga bem mais séria que as outras, uma briga muito feia, ela me chutou da casa dela. E você sabe como aquele maldito cachorro ficou depois da operação. O merda virou um esquizofrênico. Simpático, numa hora, jogava-se no chão, querendo cócegas no estômago. Mas, noutra hora, enterrava os dentes na perna da gente. Bem, então, a gente estava berrando um com o outro, e ele estava lá, no jardim, mijando. Então quando ela bateu a porta na minha cara, o cretino já estava me esperando. E... Eu sei, eu sei. Talvez se eu tivesse dado apenas um pontapé, ele teria fugido. Mas, que merda, Christopher, quando aquela droga daquela nuvem vermelha cobre minha vista... Meu Deus, você me conhece. Nós não somos tão diferentes, eu e você. E só o que consegui pensar foi que ela gostava mais do maldito cachorro do que de nós. E era como todas as coisas que eu vinha guardando por dois anos...

Então o Pai ficou em silêncio por um tempo.

Depois, ele falou:

— Sinto muito, Christopher. Eu juro, nunca quis que as coisas acontecessem assim.

E então eu vi que não era uma piada e fiquei realmente apavorado.

O Pai disse:

— Nós todos cometemos erros, Christopher. Você, eu, sua mãe, todo mundo. E algumas vezes são erros grandes, enormes. Nós somos apenas humanos.

Então ele ergueu sua mão direita e estendeu seus dedos num leque.

Mas eu gritei e o empurrei para trás e ele caiu da cama e foi para o chão.

Ele sentou-se e disse:

— Tudo bem. Olhe. Christopher. Eu sinto muito. Vamos deixar as coisas assim esta noite, certo? Eu vou descer, você vai dormir um pouco e a gente conversa pela manhã. — Então ele disse: — Vai ficar tudo bem. Honestamente. Confie em mim.

Então ele se levantou, deu um suspiro profundo e saiu do quarto.

Fiquei sentado na cama por algum tempo, olhando o chão. Então ouvi o Toby arranhando sua gaiola. Olhei para a gaiola e o vi me fitando através das grades.

Eu tinha de sair de casa. O Pai tinha assassinado o Wellington. Isso significava que ele podia também me assassinar, porque eu não podia mais confiar nele, mesmo com ele dizendo: "Confie em mim", porque ele tinha contado uma mentira sobre uma coisa importante.

Mas não ia poder sair de casa, ali, naquela mesma hora, porque ele iria me ver, então, eu tinha de esperar até ele dormir.

Eram 23h16min.

Eu tentei multiplicar por 2 de novo, mas não consegui passar nem de 2^{15} que era **32.768**. Então, fiquei gemendo para o tempo passar mais depressa e para eu não ficar pensando.

Então, já era 1h20min da madrugada, mas eu não tinha escutado o Pai subir as escadas. Fiquei me perguntando se ele estaria dormindo lá embaixo ou se estaria esperando para me matar. Então, peguei meu canivete do exército suíço e abri a lâmina serrada para me defender. Saí da cama em silêncio e tentei escutar. Mas não pude escutar nada, então comecei a descer as escadas silenciosamente e devagar. E quando eu já tinha descido as escadas, pude ver os pés do Pai, da porta da sala de estar. Esperei 4 minutos para ver se ele se movia, mas ele não se moveu. Então, fui andando até o corredor. E daí dei uma olhada pela sala de estar.

O Pai estava deitado no sofá com os olhos fechados.

Fiquei olhando para ele por um longo tempo.

Então, ele soltou um ronco, daí eu pulei e pude escutar o sangue nos meus ouvidos e no meu coração andando rápido e senti uma dor como se alguém estivesse enchendo um balão dentro do meu peito.

Fiquei pensando que ia ter um ataque do coração.

Os olhos do Pai ainda estavam fechados. Eu me perguntei se ele estava fingindo que estava dormindo. Então, segurei com força o canivete e dei uma batidinha no umbral da porta.

O Pai balançou sua cabeça de um lado para outro, seus pés se contraíram e ele murmurou: "Grunf!", mas seus olhos permaneceram fechados. Então ele soltou mais um ronco.

Ele estava dormindo.

Isto significava que eu podia sair de casa se não fizesse nenhum barulho, para não acordá-lo.

Peguei meu casaco e meu cachecol dos ganchos perto da porta da frente e os vesti porque ia estar frio, lá fora, à noite. Então, subi as escadas em silêncio, novamente, mas era difícil porque minhas pernas estavam tremendo. Fui para o meu quarto e peguei a gaiola do Toby. Ele estava fazendo aquele barulho de arranhar, então tirei um casaco e botei em cima da gaiola para abafar o barulho e o levei para baixo.

O Pai ainda estava dormindo.

Entrei na cozinha e peguei minha caixa de comida especial. Destranquei a porta de trás e saí bem depressa. Segurei a maçaneta da porta enquanto eu a fechava de novo, para o clique não ser alto. Caminhei para os fundos do jardim.

No fundo do jardim, tem um barracão. Tem um cortador de grama, um tesourão de aparar e muitas outras ferramentas de jardim que a Mãe usava, e coisas como potes e recipientes com adubos, varas de bambu, cordas e pás. Estava um pouco mais quente no barracão, mas eu sabia que o Pai podia me procurar lá, então fui para trás do barracão e me apertei todo para me enfiar na abertura entre a parede do barracão e da cerca, atrás de uma grande cuba preta, de plástico, para recolher a água da chuva. Então eu me sentei e me senti um pouco seguro.

Decidi deixar meu outro casaco sobre a gaiola do Toby porque eu não queria que ele pegasse uma gripe e morresse.

Abri minha caixa de comida especial. Dentro havia uma barra de chocolate, dois cordões de alcaçuz, três tangerinas, biscoitos wafer rosa e meu corante vermelho para comida. Eu não estava com fome, mas sabia que tinha de comer alguma coisa porque, quando a gente não come nada, pode pegar um resfriado, então comi duas tangerinas e a barra de chocolate.

Depois fiquei pensando no que faria a seguir.

173

Entre o telhado do barracão e a planta grande que fica pendurada sobre a cerca da casa vizinha, eu podia ver a constelação de **Órion**. As pessoas dizem que **Órion** é chamado de Órion porque Órion foi um caçador e a constelação parece um caçador com um bastão, um arco e uma flecha, assim

Mas isto é realmente tolo porque são apenas estrelas e você pode ir juntando os pontos da forma que você quiser, e pode fazer parecer uma senhora com um guarda-chuva que está acenando, ou uma máquina de café como a que a senhora Shears tem, que é da Itália, com um cabo e a fumaça saindo, ou um dinossauro.

Como não há linhas no espaço, você pode juntar pedaços de **Órion** com pedaços de **Lepus** ou **Touro** ou **Gêmeos** e dizer que

são uma constelação chamada **O cacho de uvas** ou **Jesus** ou **A Bicicleta** (exceto que não havia bicicletas na Roma e na Grécia antigas, quando então eles batizaram **Órion** de Órion).

E, seja como for, Órion não é um caçador nem uma máquina de fazer café nem um dinossauro. É apenas Betelgeuse, Bellatrix, Alnilam, Rigel e 17 outras estrelas que eu não sei os nomes. E elas são explosões nucleares a bilhões de quilômetros de distância.

E esta é a verdade.

179

Fiquei acordado até as 3h47min da madrugada. Foi nessa hora a última vez que olhei para o relógio antes de adormecer. Quando se aperta um botão do meu relógio, a frente fica iluminada, muitas luzes se acendem, assim eu podia ver as horas no escuro. Eu estava com frio, e com medo que o Pai pudesse vir e me achar. Mas me senti seguro no jardim, porque eu estava escondido.

Olhei muito para o céu. Eu gostava de olhar para o céu, do jardim, de noite. No verão, tinha vezes que eu saía à noite com minha lanterna e meu planisfério, que eram dois círculos de plástico com um alfinete no meio. E no fundo tinha um mapa do céu e em cima um orifício que era uma abertura com um formato de uma parábola e dá para girá-lo para ver o mapa do céu em cada dia do ano, da latitude 51.5° Norte que é a latitude de Swindon, porque o pedaço maior do céu está sempre do outro lado da Terra.

E quando você olha para o céu, você sabe que está olhando para estrelas que estão centenas e milhares de anos-luz distantes de você. E algumas das estrelas nem existem mais, porque a luz delas leva tanto tempo para nos alcançar que elas já estão mortas, ou já explodiram e colapsaram em anãs vermelhas. E isto faz você se sentir muito pequeno, e se você tem coisas difíceis na sua vida é agradável pensar que elas são o que é chamado *insignificantes*, o que significa que são tão pequenas que você não deve levá-las em conta quando está calculando alguma coisa.

Não dormi muito bem por causa do frio e porque o chão estava esburacado e pontudo debaixo de mim e porque o Toby estava arranhando muito dentro da sua gaiola. Mas, quando acordei mesmo, estava amanhecendo, o céu estava todo laranja, azul e roxo e eu pude escutar os pássaros cantando o que é chamado de *Coro matinal*. E fiquei onde estava por mais 2h32min, e então ouvi o Pai vir para o jardim e chamar:

— Christopher...? Christopher...?

Então olhei em volta e encontrei um saco velho de plástico coberto de lama que era usado para fertilizante e me espremi junto com a gaiola do Toby e a caixa de comida especial no canto entre a parede do barracão, a cerca e a cuba da água da chuva e me cobri com o saco de fertilizante. E então ouvi o Pai vindo para o jardim e tirei do bolso meu canivete do exército suíço, soltei a lâmina serrada e segurei o canivete para o caso dele nos encontrar. Então ouvi ele dizer:

— Merda!

Depois escutei seus passos nos arbustos do outro lado do barracão, e meu coração estava batendo muito rápido e eu podia sentir a emoção como um balão dentro do meu peito novamente e achei que ele talvez tivesse olhado atrás do barracão, mas eu não podia ver porque estava escondido, mas ele não me viu porque eu o escutei voltando para o jardim novamente.

Então eu ainda fiquei lá, olhei para o meu relógio e ainda fiquei parado onde estava por 27 minutos. E então escutei o Pai ligar o furgão. Eu sabia que era o seu furgão porque eu o ouvia com freqüência e estava bem perto e eu sabia que não era nenhum dos carros dos vizinhos porque as pessoas que tomavam drogas tinham um *trailer* Volkswagen, o senhor Thompson que mora no nº 40 tinha um Vauxhall Cavalier e as pessoas que moram no nº 34 tinham um Peugeot, que faziam barulhos diferentes.

E quando escutei que ele já estava se afastando de casa, eu soube que seria seguro sair.

Eu tinha de decidir o que fazer porque eu não podia morar mais em casa com o Pai porque era perigoso.

Então tomei uma decisão.

Decidi que eu iria bater na porta da senhora Shears e iria morar com ela, porque eu a conhecia, ela não era uma estranha, e eu já tinha ficado em sua casa antes, quando faltou luz no nosso lado da rua. E agora ela não ia me dizer para ir embora porque eu já podia contar quem matou o Wellington, e desta vez ela saberia que eu sou um amigo. E também porque ela ia entender que eu não podia mais morar com o Pai.

Eu tirei os cordões de alcaçuz, os biscoitos wafer rosa e a última tangerina da minha caixa de comida especial e coloquei-os no meu bolso e escondi a minha caixa de comida especial embaixo do saco de fertilizante. Peguei a gaiola do Toby e meu casaco grande e saí detrás do barracão. Caminhei pelo jardim e depois desci para o lado da casa. Abri o ferrolho da porta do jardim e saí em frente da casa.

Não havia ninguém na rua, então eu atravessei, e andei na direção da casa da senhora Shears, bati na porta e esperei. Fiquei preparando o que iria dizer quando ela abrisse a porta. Então bati de novo.

Mas ela não veio até a porta. Então eu bati de novo.

Então eu voltei e vi algumas pessoas descendo a rua e fiquei com medo de novo porque eram duas das pessoas que tomavam drogas na casa vizinha à minha. Então eu agarrei a gaiola do Toby e fui para a lateral da casa da senhora Shears e me sentei atrás da lata de lixo, assim eles não podiam me ver.

E então eu tive de resolver o que fazer.

E fiz isto pensando em todas as coisas que eu podia fazer e tive de decidir se seriam decisões certas ou não.

Eu decidi que não podia voltar para casa.

Decidi que eu não podia viver com Siobhan porque ela não podia tomar conta de mim quando a escola estivesse fechada porque ela era uma professora e não uma amiga ou um membro de minha família.

Decidi que eu não podia viver com o tio Terry porque ele morava em Sunderland e eu não sabia como chegar a Sunderland e eu não gostava do tio Terry porque ele fumava cigarros e afagava meu cabelo.

Decidi que eu não podia viver com a senhora Alexander porque ela não era uma amiga ou membro de minha família, embora ela tivesse um cachorro, porque eu não podia nem dormir na casa dela nem usar seu banheiro porque ela costumava usá-lo e ela era uma estranha.

E então eu achei que eu podia morar com a Mãe porque ela era da minha família e eu sabia onde ela morava porque lembrava o endereço das cartas que era Estrada Chapter 451c, Londres NW2 5NG. Mas ela morava em Londres e eu nunca tinha estado em Londres. Eu somente tinha estado em Dover, para ir para a França, em Sunderland, para visitar o tio Terry, em Manchester, para visitar a tia Ruth que teve câncer, exceto que ela não estava com câncer quando eu estive lá. E eu nunca fui sozinho para nenhum lugar fora a loja do final da minha rua. E só pensar em ir para algum lugar sozinho me deixava com medo.

Mas daí eu pensei que poderia voltar para casa ou ficar onde eu estava ou me esconder no jardim todas as noites e pensei que o Pai ia acabar me achando e isso me fez sentir mais medo ainda. E quando pensei sobre isto, senti que ia passar mal, como na noite anterior.

Eu então me dei conta de que não havia nada que eu pudesse

fazer que me fizesse me sentir seguro. Daí, eu fiz um quadro na minha cabeça como este:

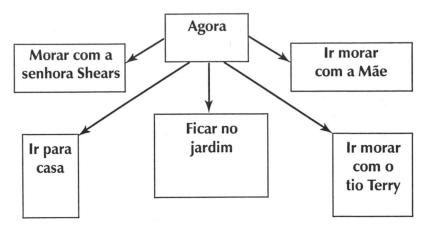

Então eu me imaginei riscando todas as possibilidades que eram impossíveis, que é como um exame de matemática, quando você olha todas as questões e decide quais você vai fazer e quais você não vai fazer e risca todas as que você não vai fazer porque sua decisão é definitiva e você não pode mais mudar de idéia. E ficou assim:

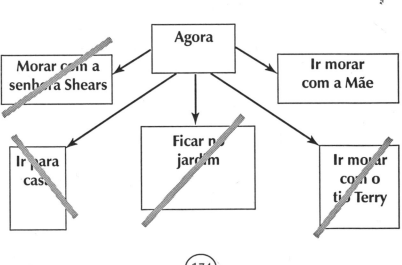

O que significava que eu tinha de ir a Londres para morar com a Mãe. E eu podia fazer isto indo de trem porque eu sabia tudo sobre trens, desde que brincava com meus trenzinhos elétricos, sabia como entender um quadro de horários e que a gente vai para a estação, compra um bilhete, olha para o quadro de avisos de chegada para ver se seu trem está no horário e então você vai para a plataforma certa e embarca. E eu iria para a estação Swindon onde Sherlock Holmes e o doutor Watson param para almoçar quando estão a caminho de Ross, vindo de Paddington, em *O mistério do vale Boscombe*.

E então olhei para a parede no lado oposto da pequena passagem, mais embaixo, junto da casa da senhora Shears, onde eu estava sentado e havia uma tampa circular de uma panela de metal muito antiga apoiada na parede. Estava coberta de ferrugem. E parecia a superfície de um planeta porque a ferrugem tinha o formato de países, continentes e ilhas.

E então pensei que na verdade eu nunca ia poder ser um astronauta, porque ser um astronauta significava estar centenas de quilômetros longe de casa e minha casa era em Londres agora, que ficava a uns 160 quilômetros de distância de onde eu estava e era mais de mil vezes mais perto do que eu estaria, longe da minha casa, se eu estivesse no espaço, e pensar sobre isto me deixou triste. Como quando eu caí na grama, numa das laterais de um playground, certa vez, e cortei meu joelho num caco de vidro que alguém havia atirado por cima do muro e ficou uma beirada de pele solta e o senhor Davis teve de limpar a carne embaixo da pele solta com desinfetante para matar os germes e a sujeira e doeu tanto que eu chorei. Mas isso agora doía era dentro da minha cabeça. E isso agora me fez ficar triste só de pensar que eu nunca ia poder ser um astronauta.

E então pensei que eu tinha de ser que nem Sherlock Holmes e *isolar minha mente por vontade própria a um grau admirável* e assim eu nem ia sentir o quanto estava magoado lá por dentro.

E então eu pensei que ia precisar de dinheiro se eu fosse mesmo para Londres. E ia precisar de comida para comer porque era uma longa viagem e eu não ia saber onde conseguir comida. E então pensei que ia precisar de alguém para tomar conta do Toby quando eu fosse para Londres porque eu não poderia levá-lo comigo.

E então eu *Formulei um Plano*. E isto me fez sentir melhor porque havia alguma coisa em minha mente que tinha uma ordem e um modelo e era só eu seguir as instruções uma depois da outra.

Eu me levantei e me certifiquei de que não havia ninguém na rua. Então, fui para a casa da senhora Alexander e bati em sua porta.

A senhora Alexander abriu a porta e disse:

— Christopher, pelo amor de Deus, o que houve com você?

E eu perguntei:

— Você pode tomar conta do Toby para mim?

E ela perguntou:

— Quem é Toby?

Eu falei:

— O Toby é o meu rato de estimação.

Então a senhora Alexander disse:

— Oh... Oh sim. Eu me lembro agora. Você me falou dele.

Eu levantei a gaiola do Toby e disse:

— Este é ele.

A senhora Alexander deu um passo atrás, recuando para o seu hall de entrada.

Eu disse:

— Ele come pelotinhas de comida de rato especiais e a senhora pode comprá-las em lojas de animais. Mas ele também pode comer biscoitos, cenouras, pão e ossos de frango. Mas a Senhora não deve dar a ele chocolate porque tem cafeína e teobromina, que são metilxantinos, e isso, em grande quantidade, é veneno para ratos. Ele precisa de água nova em sua garrafa todos os dias, também. E ele não se incomoda de ficar na casa dos outros porque ele é um animal. Ele gosta de sair da gaiola, mas não tem importância se você não o tirar dela.

A senhora Alexander perguntou:

— Por que você precisa de alguém para tomar conta de Toby, Christopher?

Eu disse:

— Estou indo para Londres.

E ela perguntou:

— Quanto tempo você vai ficar lá?

Eu respondi:

— Até eu ir para a universidade.

E ela perguntou ainda:

— Você não poderia levar Toby com você?

Eu falei:

— Londres é um bocado longe e eu não quero levá-lo de trem porque eu posso perdê-lo.

A senhora Alexander disse:

— Entendo. — E depois disse: — Você e seu pai estão se mudando para Londres?

Eu disse:

— Não.

Ela perguntou:

— Então, por que você está indo para Londres?

Eu respondi:

— Eu estou indo morar com minha mãe.

E ela falou:

— Mas você não me disse que sua mãe tinha morrido?

Eu falei:

— Eu pensei que ela estivesse morta, mas ela ainda está viva. O Pai mentiu para mim. E ele também disse que foi ele que matou o Wellington.

A senhora Alexander exclamou:

— Oh, meu Deus!

Eu disse:

— Eu estou indo morar com minha mãe porque o Pai matou o Wellington, ele mentiu e eu estou com medo de ficar em casa com ele.

A senhora Alexander perguntou:

— Sua mãe está aqui?

Eu respondi:

— Não. A Mãe está em Londres.

Ela perguntou:

— Então, você está indo para Londres sozinho?

Eu falei:

— Estou.

Ela sugeriu:

— Olhe, Christopher, por que você não entra aqui, se senta e nós poderemos conversar sobre isto e pensar na melhor coisa a fazer.

Eu disse:

— Não. Eu não posso entrar. Você pode tomar conta do Toby para mim?

Ela falou:

— Acho que não, Christopher.

Eu não disse nada. Ela perguntou:

— Onde está seu pai neste momento?

Eu respondi:

— Eu não sei.

Ela falou:

— Bem, talvez nós devêssemos tentar telefonar para ele e ver se conseguimos entrar em contato. Estou certa de que ele está preocupado com você. E também de que houve algum horrível mal-entendido.

Então eu voltei as costas para ela e corri pela rua de volta para casa. E eu não olhei antes de ter atravessado a rua e uma minivan amarela teve de frear, com os pneus guinchando. E eu corri para a lateral da casa e entrei de novo pelo portão do jardim e fechei-o atrás de mim.

Tentei abrir a porta da cozinha, mas estava trancada. Então eu peguei um tijolo que estava no chão, atirei na janela e o vidro despedaçou todo. Enfiei meu braço através do vidro quebrado e abri a porta por dentro.

Entrei na casa e pus o Toby na mesa da cozinha. Então, subi correndo as escadas, peguei minha pasta da escola, coloquei um pouco de comida para o Toby nela, alguns livros de matemática, uma calça limpa, um colete e uma camisa limpa. Então, desci as escadas, abri a geladeira e coloquei uma caixa de suco de laranja em minha pasta e uma garrafa de leite que ainda não tinha sido aberta. Peguei mais duas tangerinas, duas latas de ervilhas em conserva, um pote de creme de leite, e coloquei tudo na minha pasta porque eu podia abrir as latas com o abridor de latas do meu canivete do exército suíço.

Olhei para a superfície junto da pia e vi o celular do Pai, sua carteira, seu caderno de endereço e senti *minha pele... gelar sob minhas roupas* como o doutor Watson em **O signo dos quatro**, quando ele vê as minúsculas pegadas de Tonga, o andamanês, no telhado da casa de Bartholomew Sholto, em Norwood, porque pensei que o Pai tinha voltado e estava em casa e a dor na minha cabeça piorou muito. Mas, então, revirei as imagens na minha memória e vi que seu furgão não estava estacionado em frente de casa, então ele devia ter deixado o seu celular, sua carteira e seu caderno de endereços quando saiu de casa. Peguei a carteira e tirei seu cartão de banco porque era como eu poderia conseguir dinheiro porque o cartão tinha uma senha que era o código secreto que você digita na máquina do banco para sacar dinheiro e o Pai não tinha a senha dele escrita num lugar seguro, que é o que a gente deve fazer, mas em vez disso ele me contou que número era porque ele disse que eu nunca o esqueceria. E era 3558. Eu coloquei o cartão em meu bolso.

Tirei o Toby da sua gaiola e o coloquei no bolso de um dos meus casacos porque a gaiola era muito pesada para carregar até Londres. E então saí pela porta da cozinha, para o jardim, de novo.

Saí pelo portão do jardim e me assegurei de que não havia ninguém olhando, e então comecei a andar em direção à escola porque era o caminho que eu conhecia e, quando eu chegasse lá, eu podia perguntar a Siobhan onde era a estação de trem.

Normalmente, eu começaria a ficar cada vez mais amedrontado, se fosse andando para a escola, porque eu nunca tinha feito isto antes. Mas eu estava amedrontado em relação a duas coisas. Uma das coisas era o medo de estar longe de um lugar ao qual estava acostumado, e a outra era estar perto de onde o Pai morava e essas duas coisas estavam em relação *inversamente proporcional* uma com a outra, de forma que o medo total permaneceu uma constante na medida em que eu me distanciava de casa e do Pai, como está aí embaixo:

$$\text{Medo}_{total} \approx \text{Medo}_{novo\ lugar} \times \text{Medo}_{perto\ do\ Pai} \approx \text{constante}$$

Leva 19 minutos para o ônibus ir de casa para a escola, mas eu levei 47 minutos para caminhar a mesma distância e, por isso, eu estava muito cansado quando cheguei lá e tinha esperança de poder ficar um pouco na escola para comer alguns biscoitos e tomar suco de laranja antes de ir para a estação de trem. Mas eu não pude, porque, quando cheguei na escola, vi o furgão do Pai parado no estacionamento. Eu sabia que era o furgão dele porque está escrito ***Ed Boone manutenção de calefação & reparo de bóileres*** na lateral com um logotipo de chaves de boca cruzados como este:

E quando eu vi o furgão eu senti enjôo novamente. Mas agora eu sabia que estava ficando enjoado, e assim não vomitei em cima de mim, só no muro e na calçada, e não vomitei tanto assim porque não tinha comido muito. E depois de vomitar eu quis me enroscar todo no chão e começar a gemer. Mas eu sabia que se eu deitasse no chão e começasse a gemer, o Pai sairia da escola, me veria, me pegaria e me levaria para casa. Assim, eu respirei fundo várias vezes como Siobhan diz que eu tenho de fazer se alguém me aborrece na escola, eu contei 50 respirações, concentrei-me bastante no número de cada respiração e elevei todos eles aos seus cubos. E isto diminuiu minha dor.

Então, limpei o vômito da minha boca e tomei a decisão de descobrir como chegar à estação de trem, e eu teria de fazer isso perguntando a alguém e teria de ser a uma senhora porque quando eles falaram conosco sobre Estranhos Perigosos, na escola, eles disseram que se um homem aproxima-se para conversar e você fica amedrontado, você deveria gritar e descobrir alguma senhora para correr até ela porque com as senhoras é mais seguro.

Eu peguei meu canivete do exército suíço, soltei a lâmina de serra e segurei-o firmemente no bolso em que o Toby não estava, assim eu poderia apunhalar quem tentasse me agarrar. Então eu vi uma senhora no outro lado da rua com um bebê em um carrinho e um garoto pequeno com um elefante de brinquedo e decidi perguntar para ela. E dessa vez eu olhei para a esquerda e para a direita e para a esquerda novamente para não ser atropelado por um carro, e atravessei a rua.

Eu perguntei para a senhora:

— Onde eu posso comprar um mapa?

Ela disse:

— Como?

Eu repeti:

— Onde posso comprar um mapa?

Eu podia sentir a mão que estava segurando a faca tremendo mas não era eu que a fazia tremer.

Ela disse:

— Patrick, jogue isto fora, está sujo. Um mapa de onde?

Eu disse:

— Um mapa daqui.

Ela falou:

— Eu não sei. — Depois, disse: — Para onde você quer ir?

Eu falei:

— Para a estação de trem.

Ela riu e disse:

— Você não precisa de um mapa para chegar à estação de trem.

Eu disse:

— Preciso, sim, porque não sei onde fica a estação de trem.

Ela disse:

— Você pode vê-la daqui.

Eu disse:

— Não, eu não posso. E também eu preciso saber onde há um caixa automático.

Ela apontou e disse:

— Lá. Naquele edifício. Onde se lê *Ponto Sinal*, em cima. Tem uma placa da companhia férrea no outro lado. A estação é mais no fundo. Patrick, eu já falei com você uma vez, já falei centenas de vezes. Não pegue coisas do chão e depois enfie na sua boca.

Eu olhei e pude ver o edifício com algo escrito lá em cima, mas era muito longe, por isso era muito difícil de ler.

Eu disse:

— Você quer dizer o edifício com riscas e janelas horizontais?

Ela disse:

— Esse mesmo.

Eu perguntei:

— Como eu chego nesse edifício?

Ela respondeu:

— Gordon Benett. — E disse a seguir: — Siga aquele ônibus, — e ela apontou para um ônibus que estava passando.

Então eu comecei a correr. Mas ônibus andam rápido e eu tinha de me certificar de que o Toby não cairia do meu bolso. Consegui correr atrás do ônibus por um bom tempo, atravessei seis ruas, daí, ele virou para outra rua e eu não pude mais vê-lo.

Então, parei de correr, porque eu já estava respirando com muita dificuldade e minhas pernas doíam. Eu estava numa rua com muitas lojas. Eu me lembrei de ter estado nesta rua numa vez que fui fazer compras com a Mãe. Havia muitas pessoas na rua fazendo suas compras, mas eu não queria que elas me tocassem, então eu fui para a extremidade da rua. Não estava gostando das pessoas todas perto de mim e todo aquele barulho porque era muita informação na minha cabeça e era difícil conseguir pensar, como se estivessem gritando na minha cabeça. Então coloquei minhas mãos sobre meus ouvidos e gemi disfarçado.

E então notei que eu ainda podia ver o sinal ⇌ que a senhora havia me apontado, assim continuei andando em direção a ele.

E então não pude mais ver o sinal ⇌. E eu tinha esquecido de guardar onde ele estava, e isto era horrível porque eu estava perdido e porque eu não esqueço coisas. Normalmente eu faria um mapa em minha cabeça e seguiria o mapa, eu seria uma pequena cruz no mapa que mostraria onde eu estava, mas havia muita interferência em minha cabeça e isso me fazia ficar confuso. Então eu fiquei embaixo de um toldo de lona verde e branca, junto de uma loja de verduras onde havia cenouras, cebolas e brócolis em caixas com um forro como carpete verde, e fiz um plano.

Eu sabia que a estação de trem era em algum lugar ali perto. E se alguma coisa está próxima, você pode encontrá-la movimentando-se em espiral, andando no sentido dos ponteiros do relógio, tomando sempre a direita até você voltar para uma rua em que já tenha estado, virando então sempre à direita e assim por diante (mas isto é um diagrama hipotético também, e não um mapa de Swindon)

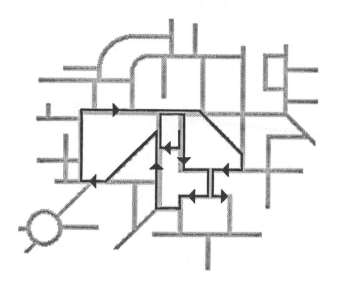

E foi assim que encontrei a estação de trem. Concentrei-me seriamente em seguir as regras, fiz um mapa do centro da cidade em minha cabeça enquanto eu andava e desta forma foi mais fácil ignorar as pessoas e o barulho em volta de mim.

E então cheguei na estação de trem.

181

Eu vejo tudo.

É por isso que não gosto de lugares novos. Se estou em um lugar que eu conheço, como minha casa, a escola, a loja, ou a rua, daí, já vi todas as coisas que tem por lá e só o que tenho de fazer é olhar para as coisas que mudaram ou foram deslocadas. Por exemplo, uma semana, o pôster do **Globe de Shakespeare** tinha caído, na sala da escola, e dava para dizer isso porque havia sido colocado de volta um pouco mais para a direita e havia três pequenos círculos de tinta na parede no lado esquerdo do cartaz. E no outro dia, alguém havia grafitado *NINHO DO CORVO* no poste de iluminação 437 na nossa rua que era do lado de fora do número 35.

Mas a maioria das pessoas é preguiçosa. Elas nunca olham todas as coisas. Elas fazem o que é chamado de *olhar de passagem* que quer dizer que elas vêem uma coisa mas não a enxergam, de verdade. E a informação que entra na cabeça delas é realmente muito simples. Por exemplo, se eles estão no campo, deveria ser:

1. Estou em pé em um campo com muito pasto.
2. Há algumas vacas nos campos.
3. Está ensolarado com algumas nuvens.
4. Há algumas flores no pasto.
5. Há um povoado distante.
6. Há uma cerca na margem do campo e há um portão nela.

E elas podem então parar de pensar, de reparar nas coisas, porque estariam pensando em alguma outra coisa como *Oh, como aqui é bonito*, ou, *Estou preocupado... será que deixei o gás na cozinha aberto?*, ou, *Será que Julie já deu à luz?*.[12]

Mas se eu estou em pé em algum lugar no campo, observo todas as coisas. Por exemplo, eu me lembro que estava no campo numa quarta-feira, que era 15 de junho de 1994, porque o Pai, a Mãe e eu estávamos indo para Dover para pegar um barco para a França e fizemos o que o Pai chamou de *tomar uma estrada pitoresca*, o que significa ir por pequenas estradas e parar para almoçar num restaurante com mesas ao ar livre, e eu tive de parar para fazer xixi, eu fui em um campo aberto com vacas nele e depois de eu fazer xixi, parei e olhei em volta e observei estas coisas:

1. Há 19 vacas no pasto, 15 pretas e brancas e 4 marrons e brancas.

2. Há um povoado distante com 31 casas visíveis e uma igreja com uma torre quadrada, sem ponta.

3. Há sulcos no campo, o que significa que, em épocas medievais, havia o que era chamado *terra comunal* e as pessoas que moravam no povoado tinham seu pedaço de terra para cultivar.

4. Há um saco velho de plástico na cerca e uma lata de refrigerante esmagada com um caracol em cima, e um pedaço grande de barbante laranja.

5. O lado nordeste do campo é mais alto e o lado sudeste é mais baixo (eu estava com uma bússola porque estávamos viajando de férias e eu queria saber onde era Swindon quando estivéssemos na França) e o campo é levemente recurvo ao longo da linha entre os dois lados, assim o nordeste e o sudeste são ligeiramente mais baixos do que seriam se o campo fosse um plano inclinado.

---

[12]Isto é verdade mesmo porque eu perguntei a Siobhan o que as pessoas pensam quando olham as coisas e foi isso o que ela me respondeu.

6. Posso ver três diferentes tipos de pasto e duas cores de flores no pasto.

7. As vacas, em sua maioria, estão com os focinhos virados para o topo da colina.

E havia mais 31 coisas nesta lista que eu observei, mas Siobhan disse que eu não precisava escrevê-las todas. Isto significa que é muito cansativo se eu estou em um lugar novo porque vejo todas as coisas e, se alguém me perguntasse, mais tarde, como as vacas pareciam, eu poderia responder sobre cada uma, e poderia fazer um desenho delas em casa e dizer que uma determinada vaca tinha manchas como esta

E acho que disse uma mentira no **Capítulo 13** porque eu disse: "Eu não posso contar piadas", porque eu sei três piadas que eu posso contar e eu entendo, e uma delas é sobre uma vaca, e Siobhan disse que eu não tenho de voltar atrás e mudar o que escrevi no **Capítulo 13** porque não tem importância pois não é uma mentira, só um *esclarecimento*.

E esta é a piada.

Há três homens em um trem. Um deles é um economista,

outro é um filósofo-lógico e o outro é um matemático. Eles acabaram de atravessar a fronteira e entraram na Escócia (eu não sei o que eles estão fazendo na Escócia) e eles vêem uma vaca marrom em um pasto de uma janela do trem (e a vaca está paralela ao trem).

O economista diz:

— Olhe, as vacas na Escócia são marrons.

O filósofo-lógico diz:

— Não. Há vacas na Escócia das quais uma, pelo menos, é marrom.

O matemático diz:

— Não. Há, no mínimo, uma vaca na Escócia da qual um lado parece ser marrom.

Isto é engraçado porque os economistas não são cientistas de verdade e porque os filósofos-lógicos pensam mais claramente, mas os matemáticos são os melhores.

Quando estou em um lugar novo, já que eu vejo tudo, é como um computador quando está fazendo várias coisas ao mesmo tempo e a unidade processadora central está bloqueada e não deixa nenhum espaço para pensar sobre outras coisas. E quando estou em um lugar novo e há muitas pessoas nele, é mais difícil ainda porque as pessoas não são como as vacas, as flores e a relva, e eles podem conversar com você e fazer coisas que você não espera, então você tem de observar todas as coisas que estão naquele lugar e observar também coisas que poderiam acontecer. E, algumas vezes, quando estou em um lugar novo e há muitas pessoas é como um computador pifando e tenho de fechar meus olhos e colocar minhas mãos sobre meus ouvidos e gemer, que é como apertar **CTRL + ALT + DEL**, fechar os programas, desligar o computador e reiniciar, assim posso me lembrar o que estou fazendo e onde pretendo ir.

Por isso sou bom no xadrez, em matemática e em lógica, porque a maioria das pessoas são quase cegas, elas não vêem a maioria das coisas e há muita capacidade desperdiçada em suas cabeças que é preenchida com coisas que não estão relacionadas entre si e são tolas, como: *Será que deixei o gás na cozinha aberto?*

Entre as coisas que acompanhavam meu trenzinho elétrico tinha um pequeno edifício com duas salas com um corredor entre elas, e uma era um guichê de passagens onde você comprava as passagens e a outra era uma sala de espera onde se esperava pelo trem. Mas a estação de trem de Swindon era diferente. Havia um túnel, escadarias, uma loja, um café e uma sala de espera como neste mapa:

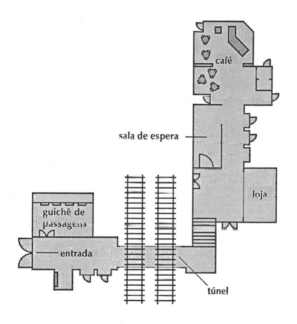

Mas isto não é um mapa muito preciso da estação porque eu estava assustado e então eu não observei as coisas muito bem, e isto é só o que lembro, então é *aproximação*.

Era como ficar em pé em um penhasco com um vento muito forte e isto me fez sentir tonto e enjoado porque havia muitas pessoas indo e voltando no túnel, e havia muitos sons ecoando ali, e havia somente um caminho para ir, que era entrar no túnel e descer e cheirava a banheiros e cigarros. Assim, fiquei em pé contra a parede e me segurei na beirada de um cartaz que dizia **Usuários que procuram acesso ao estacionamento, favor usar o telefone de auxílio defronte, à direita do guichê de passagens** para me certificar que eu não cairia e ficaria agachado, no chão. Eu queria ir para casa. Mas eu estava com medo de ir para casa e tentei elaborar um plano do que eu deveria fazer, na minha cabeça, mas havia também muitas coisas para olhar e muitas coisas para ouvir.

Assim, coloquei minhas mãos sobre meus ouvidos para tampar o barulho e pensar. Eu pensei que eu tinha de ficar na estação para pegar um trem e sentar em algum lugar, mas não havia nenhum lugar para sentar perto da porta da estação, então eu tive de entrar no túnel. Eu disse para mim mesmo, ou seja, disse em minha mente e não em voz alta: "Vou entrar nesse túnel e pode ter algum lugar em que eu possa me sentar e fechar meus olhos e pensar", e fui caminhando pelo túnel tentando concentrar-me no sinal no fundo do túnel que dizia **AVISO CITV em operação**. Era como escalar um penhasco com uma corda esticada.

Finalmente, consegui chegar no final do túnel e havia alguns degraus, subi e ainda havia muitas pessoas, gemi, e havia uma loja em cima dos degraus e uma sala com cadeiras, mas havia muitas pessoas na sala com cadeiras, então continuei andando. Havia cartazes dizendo **Ótimo filme de faroeste** e **Cerveja Gelada** e **CUIDADO CHÃO MOLHADO** e **Seus 50 centavos permitirão a um bebê prematuro viver por 1,8 segundos** e **Viagem trans-formadora** e **Refrigerantes** e **É DELICIOSO É CREMOSO** e **CUS**

TA SOMENTE 1,30 COM CHOCOLATE QUENTE DE LUXO e **0870 777 7676** e **O limoeiro** e **Não fume** e **CHÁS FINOS** e havia mesas pequenas com cadeiras próximas a elas e tinha umas mesas em que ninguém estava sentado, havia um canto e eu me sentei em uma das cadeiras e fechei meus olhos. Coloquei minhas mãos nos meus bolsos, o Toby pulou para as minhas mãos e dei a ele duas pelotinhas de comida de rato de minha pasta da escola, peguei meu canivete do exército suíço na outra mão, gemi para disfarçar o barulho porque minhas mãos não estavam nos ouvidos, mas não tão alto que outras pessoas pudessem me ouvir gemer porque então poderiam vir e conversar comigo.

Então, tentei pensar sobre o que eu tinha de fazer, mas eu não conseguia pensar porque havia também muitas outras coisas na minha cabeça, assim, imaginei um problema de matemática para tornar meus pensamentos mais claros.

O problema de matemática é o que é chamado de **Soldados de Conway**. Em **Soldados de Conway**, você tem um tabuleiro de xadrez que continua infinitamente em todas as direções e cada quadrado abaixo da linha horizontal tem uma peça colorida por cima, assim:

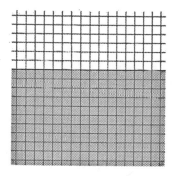

Você pode mover a peça colorida somente se esta puder pular uma peça colorida horizontalmente ou verticalmente (mas não diagonalmente), indo para um quadrado vazio dois quadrados depois. E quando você move uma peça colorida desta forma, tem de retirar a peça colorida que foi pulada, assim:

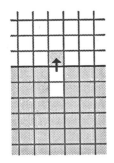 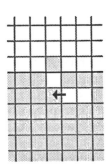

Você tem de ver até onde pode chegar com as peças coloridas acima da linha horizontal, e você começa fazendo alguma coisa mais ou menos assim:

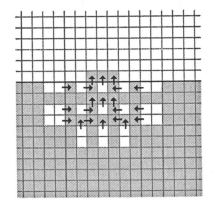

E então você faz alguma coisa assim:

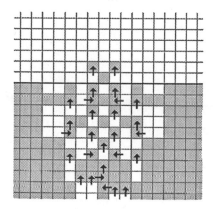

Eu sei qual é a resposta, porque embora você mova as peças coloridas, você nunca conseguirá botar uma peça colorida mais do que quatro quadrados acima da linha horizontal, mas é um bom problema de matemática para você resolver em sua mente quando você não quer pensar sobre mais nada porque você pode torná-lo tão complicado quanto você precisar, para ocupar seu cérebro, fazendo o tabuleiro tão grande e os movimentos tão complicados quanto você quiser.

Eu consegui chegar até

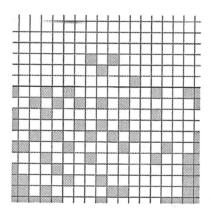

E então olhei para cima e vi que havia um policial de pé na minha frente, e ele estava dizendo:

— Ei! Alguém em casa?

Mas eu não sabia o que isso significava.

Ele disse:

— Você está bem, meu rapaz?

Eu olhei para ele e pensei por um momento para poder responder à questão corretamente, depois disse:

— Não.

Ele disse:

— Você está parecendo um pouco fora de órbita.

Ele tinha um anel dourado em um dos dedos, que tinha umas letras rebuscadas gravadas nele, mas eu não pude ver que letras eram.

Ele continuou:

— A senhora do café disse que você está aí há duas horas e meia, e que ela tentou conversar com você, mas você estava em completo transe.— E ele perguntou: — Qual é o seu nome?

Eu respondi:

— Christopher Boone.

Ele perguntou:

— Onde você mora?

Eu respondi:

— Rua Randolph, 36 — e comecei a me sentir melhor porque eu gosto de policiais e era uma pergunta fácil. Eu estava imaginando se eu deveria contar a ele que o Pai matou o Wellington e se ele então prenderia o Pai.

Ele disse:

— O que você está fazendo aqui?

Eu disse:

— Eu precisei me sentar, me acalmar e pensar.

— Deixa eu perguntar de um jeito mais fácil... O que você está fazendo na estação de trem?

Eu falei:

— Eu estou indo ver a Mãe.

Ele perguntou:

— A Mãe?

Eu respondi:

— Sim, a Mãe.

Ele perguntou:

— Quando sai o seu trem?

Eu respondi:

— Eu não sei. Ela mora em Londres. Eu não sei quando vai ter um trem para Londres.

Ele disse:

— Então você não mora com sua mãe?

Eu falei:

— Não. Mas eu vou morar.

Ele sentou-se junto de mim e perguntou:

— Então, onde sua mãe vive?

Eu respondi:

— Em Londres.

— Sim, mas onde em Londres?

Eu respondi:

— Estrada Chapter, 451c, Londres NW2 5NG.

— Meu Deus, o que é isso?

Eu olhei para baixo e disse:

— É o meu rato de estimação, o Toby — isso porque o Toby pôs a cabeça para fora do meu bolso e ficou observando o policial.

O policial repetiu:

— Um rato de estimação?

E eu disse:

— Sim, um rato de estimação. Ele é muito limpo e não está com peste bubônica.

— Bem, isto me deixa mais tranqüilo.

Eu confirmei:

— É isso mesmo.

Ele perguntou:

— Você tem algum dinheiro para comprar um bilhete?

Eu respondi:

— Não.

Ele perguntou:

— Então, como exatamente pretende chegar a Londres?

Eu não sabia o que dizer porque eu tinha o cartão de banco do Pai em meu bolso e era ilegal roubar coisas, mas ele era um policial, então eu tinha de dizer a verdade, então eu falei:

— Eu estou com um cartão de banco — e tirei-o de meu bolso e mostrei-o. Isto era uma mentira branca.

Mas o policial perguntou:

— Esse cartão é seu?

Eu pensei que ele fosse me prender e eu respondi:

— Não. É do Pai.

— Do Pai?

E eu respondi:

— Sim, do Pai.

— Muito bem então... — mas ele disse isto um bocado devagar e apertou seu nariz entre o polegar e o dedo indicador.

Eu disse:

— Ele me deu o número da senha — o que era outra mentira branca.

Ele sugeriu:

— Por que você e eu não damos uma passada na máquina de retirar dinheiro?

Eu disse:

— Você não pode me tocar.

Ele perguntou:

— Por que eu ia querer tocar em você?

Eu respondi:

— Eu não sei.

Ele disse:

— Bem, nem eu.

Eu falei:

— Porque eu ganhei uma advertência por ter batido num policial, mas eu não pretendia feri-lo, de verdade, e se eu fizer isto novamente estarei em graves apuros.

Então ele olhou para mim e disse:

— Você está falando sério, não está?

Eu falei:

— Sim.

Ele disse:

— Você vai na frente.

Eu perguntei:

— Para onde?

Ele respondeu:

— Atrás do guichê —, e ele apontou com o polegar.

Então, nós voltamos pelo túnel, mas não era tão amedrontador desta vez porque havia um policial comigo.

Coloquei o cartão de banco na máquina como o Pai tinha me deixado fazer algumas vezes quando fazíamos compras juntos e apareceu **ENTRE COM SUA SENHA PESSOAL**, eu digitei **3558,** pressionei o botão **ENTER** e a máquina disse **POR FAVOR, EN-TRE COM A QUANTIA** e tinha de escolher

←10 libras   20 libras →
←50 libras   100 libras →
                    Outra quantia
                    (múltiplos de 10 somente) →

Eu perguntei ao policial:

— Quanto custa uma passagem de trem para Londres?

Ele respondeu:

— Vinte pratas.

Eu perguntei:

— Isso são libras?

Ele respondeu:

— Deus do céu — e riu. Mas eu não ri, porque não gosto que as pessoas riam de mim, mesmo que sejam policiais. Ele parou de rir e disse:

— Sim. São 20 libras.

Então, eu pressionei **50 libras** e cinco notas de 10 libras saíram da máquina e um recibo, e eu coloquei as notas, o recibo e o cartão no meu bolso.

O policial disse:

— Bem, acho que não devo mais reter você.

Eu perguntei:

— Onde eu compro uma passagem para o trem? — porque se você está perdido e precisa de orientação, pode perguntar a um policial.

Ele respondeu:

— Você é um tipo muito especial, não é?

Eu falei:

— Onde eu compro uma passagem para o trem? — porque ele ainda não tinha me respondido.

Ele falou:

— Lá — ele apontou e havia uma grande sala com uma janela de vidro do outro lado da porta da estação de trem.

E ele disse:

— Agora, você tem certeza do que está fazendo?

Eu disse:

— Sim. Eu estou indo para Londres para morar com minha mãe.

Ele perguntou:

— Sua mãe tem um número de telefone?

Eu respondi:

— Tem.

— Você pode me dizer qual é?

Eu falei:

— Posso. É 0208 887 8907.

Ele disse:

— E você ligará para ela, se tiver algum problema, está bem?

Eu disse:

— Sim — porque eu sabia que você podia ligar para pessoas de telefones públicos se você tivesse dinheiro, e eu tinha dinheiro agora.

Ele falou:

— Muito bem.

Eu fui para a bilheteria, mas antes me virei e pude ver que o policial ainda estava me observando, assim eu me senti seguro. Havia uma mesa comprida do outro lado de uma sala grande, uma janela em cima da mesa e havia um homem diante da janela e havia um homem atrás da janela e eu disse para o homem atrás da janela:

— Eu quero ir para Londres.

O homem em frente da janela disse:

— Com licença!

E ele se virou e as costas dele estavam na minha frente, e o homem atrás da janela deu a ele um pequeno pedaço de papel para assinar, ele assinou e passou o papel por debaixo da janela, e o homem atrás da janela lhe deu uma passagem. O homem em frente à janela olhou para mim e disse:

— Que merda é essa de ficar me olhando? — e então ele foi embora.

Ele tinha trancinhas no cabelo, que é como alguns negros usam, mas ele era branco, e o cabelo fica assim quando você nunca o lava, e fica parecendo uma corda velha. Ele usava calças vermelhas com estrelas. Eu mantive o meu canivete do exército suíço seguro na mão, no caso de ele me tocar.

Não havia mais ninguém em frente à janela e eu disse para o homem atrás da janela:

— Eu quero ir para Londres.

Eu não estava com medo enquanto o policial esteve comigo, mas eu me virei e vi que ele tinha sumido, agora, e fiquei com medo de novo, então tentei fingir que eu estava jogando um jogo em meu computador chamado **Trem para Londres** e era como **Myst** ou **A décima primeira hora** e você tinha de resolver vários diferentes problemas para ir para o próximo nível e eu podia parar de jogar a qualquer hora.

O homem perguntou:

— Simples ou ida e volta?

Eu perguntei:

— O que significa *simples ou ida e volta*?

Ele falou:

— Você só quer ir ou quer ir e voltar?

Eu respondi:

— Eu quero ficar lá quando chegar lá.

Ele perguntou:

— Por quanto tempo?

Eu respondi:

— Até eu ir para a universidade.

Ele disse:

— Simples, então —, e disse depois: — São 17 libras.

Eu dei a ele 50 libras e ele me deu 30 de volta e disse:

— Não vá gastar isso à toa.

Ele me deu um pequeno bilhete amarelo e laranja e 3 libras em moedas, que eu coloquei no bolso junto com minha faca. Eu não gostei do bilhete porque metade era amarelo, mas eu tive de manter comigo porque era o meu bilhete de trem.

Ele disse:

— Se você puder agora sair do balcão...

Eu falei:

— Quando é o trem para Londres?

Ele olhou seu relógio e disse:

— Plataforma 1, cinco minutos.

Eu perguntei:

— Onde é a Plataforma 1?

Ela apontou e disse:

— Pegue a passagem subterrânea e suba as escadas. Você verá as placas.

E *passagem subterrânea* significa *túnel* porque eu podia ver para onde ele estava apontando, então eu saí da bilheteria, mas não era bem como um jogo de computador, porque eu estava dentro dele e era como se todas as placas estivessem gritando na minha cabeça e alguém esbarrou em mim, na passagem, e eu fiz um barulho como um cachorro latindo para assustá-lo.

Imaginei em minha cabeça uma grande linha vermelha atravessando o chão que começava nos meus pés e atravessava o túnel. Comecei a andar ao longo da linha vermelha, dizendo:

— Esquerdo, direito, esquerdo, direito, esquerdo, direito.

Isso porque, às vezes, quando fico amedrontado ou triste, me ajudava se eu fizesse alguma coisa que tivesse ritmo para acompanhar, como música ou tambores, que é alguma das coisas que Siobhan me ensinou a fazer.

Eu subi as escadas e vi uma placa dizendo ← **Plataforma 1** e a ← estava apontando para a porta de vidro, então eu entrei nela e alguém esbarrou em mim de novo com uma mala e eu fiz outro barulho como um cachorro latindo e a pessoa disse:

— Olhe por onde anda, que diabo!

Mas eu fingi que era apenas um dos guardiães do demônio em **Trem para Londres** e que havia um trem. Eu vi um homem com um jornal e uma sacola de tacos de golfe subir numa das portas do trem e apertar um grande botão próximo a ele, as portas eram eletrônicas, elas deslizaram para se abrir e eu gostei daquilo. E as portas se fecharam atrás de mim.

E então eu olhei no meu relógio e três minutos haviam se passado desde que eu estive na bilheteria, o que significava que o trem sairia em dois minutos.

Eu subi para a porta e pressionei o botão grande, as portas deslizaram e eu passei depressa por elas.

Então, eu estava no trem para Londres.

193

Quando brincava com trenzinhos elétricos, fiz uma tabela de horários de trens porque eu gostava de tabelas de horários. Eu gosto de tabelas de horários porque gosto de saber tudo o que vai acontecer.

Esta era a minha tabela de horários, quando eu morava em casa com o Pai e eu achava que a Mãe tinha morrido de um ataque de coração (esta era a tabela de horários para uma segunda-feira e também é uma *aproximação*):

7h20min Acordar

7h25min Escovar os dentes e lavar o rosto

7h30min Dar ao Toby comida e e água

7h40min Tomar o café da manhã

8h Vestir as roupas para ir à escola
8h05min Arrumar a mala da escola

8h10min Ler um livro ou ver um vídeo

0h32min Pegar o ônibus para a escola
8h43min Passar pela loja
de peixes tropicais
8h51min Chegar na escola

9h Reunião na escola

9h15min Primeira aula da manhã

15h30min Pegar o ônibus da escola para casa
15h49min Descer do ônibus da escola em casa
15h50min Tomar suco e um lanche
15h55min Dar ao Toby comida e água
16h Tirar o Toby de sua gaiola
16h18min Colocar o Toby em sua gaiola
16h20min Ver televisão ou um vídeo
17h Ler um livro
18h Tomar chá

18h30min Ver televisão ou um vídeo
19h Fazer exercícios de matemática
20h Tomar um banho

10h30min Intervalo	20h15min Botar o pijama
10h50min Aula de artes com[1]	20h20min Brincar com jogos de
a senhora Peters	computador
12h30min Almoço	21h Ver televisão ou um vídeo
13h Primeira aula da tarde	21h20min Tomar um suco e um
	lanche
14h15min Segunda aula da tarde	21h30min Ir para a cama

E no fim de semana eu fazia minha própria tabela de horários e a escrevia numa folha de cartolina e a colocava na parede. E havia coisas como **Comida para o Toby, Estudar matemática** ou **Ir para a loja comprar doces.** E esta é outra das razões porque eu não gosto da França, porque quando as pessoas estão de férias, elas não têm uma tabela de horários e eu tinha de pedir à Mãe e ao Pai para me dizerem toda manhã exatamente o que iríamos fazer naquele dia para eu me sentir melhor.

Porque tempo não é como espaço. E quando você coloca alguma coisa em algum lugar, como um transferidor ou um biscoito, você pode ter um mapa em sua cabeça para lhe dizer onde você os deixou, mas, mesmo se a gente não tem um mapa, a coisa ainda vai estar lá porque um mapa é uma representação de coisas que de fato existem, assim você pode encontrar o transferidor e o biscoito de novo. Uma tabela de horários é um mapa do tempo, mas só que se você não tem uma tabela de horários não é como o terreno, o jardim e o caminho para a escola. Porque tempo é somente a relação entre a forma das diferentes coisas mudarem, como a Terra, que gira em torno do Sol, a vibração dos átomos, relógios fazendo tique-taque dia e noite, o ato de acordar, o ato de dormir e é como o oeste e o noroeste,

---

[1]Nas aulas de artes, fazemos arte mesmo, mas na primeira e na segunda aula da tarde fazemos uma porção de coisas diferentes tais como *Leitura* e *Testes* e *Habilidades sociais* e *Cuidar de animais* e *O que fizemos no final de semana* e *Redação* e *Estranhos perigosos* e *Dinheiro* e *Higiene pessoal.*

que não vão existir quando a Terra deixar de existir e despencar sobre o Sol porque é somente uma relação entre o Pólo Norte e o Pólo Sul e todos os outros lugares, como Mogadishu, Sunderland e Camberra.

E não é uma relação fixa como a relação entre nossa casa e a casa da senhora Shears, ou como a relação entre 7 e 865, mas depende da sua velocidade em relação a um ponto específico. Se você sair numa nave espacial e viajar próximo à velocidade da luz, você pode voltar e encontrar toda sua família morta e você ainda estará jovem e será o futuro, mas seu relógio dirá que você esteve fora somente poucos dias ou meses.

E porque nada pode viajar mais rápido do que a velocidade da luz, isto quer dizer que nós somente podemos ter conhecimento de uma fração de coisas que acontecem no universo, como isto:

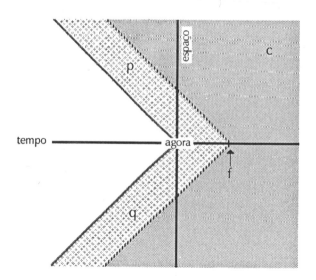

Isto é um mapa de todas as coisas e de todos os lugares e o futuro está à direita e o passado está à esquerda e a inclinação da linha **c** é a velocidade da luz, mas nós não podemos saber que coisas acontecem nas áreas sombreadas, ainda que algumas delas já tenham acontecido, mas quando nós formos para o **f**, será possível descobrir que coisas acontecem em áreas claras como **p** e **q**.

Isto quer dizer que o tempo é um mistério e não é nem mesmo *uma coisa* e ninguém jamais resolveu o quebra-cabeça de como o tempo é exatamente. E assim, se você se perdeu no tempo, é como estar perdido em um deserto, exceto que você não pode ver o deserto porque não é *uma coisa*.

E esta é a razão de eu gostar de tabelas de horários, porque elas me garantem que eu não me perca no tempo.

197

Havia muitas pessoas no trem e eu não gostei disto, porque não gosto de ficar rodeado de muitas pessoas que eu não conheço, e odeio isso ainda mais quando estou socado numa sala com muitas pessoas que eu não conheço e um trem é como uma sala, você não pode sair quando ele está andando. Isto me fez lembrar de quando eu tive de voltar para casa um dia porque o ônibus havia quebrado e a Mãe veio e me apanhou e a senhora Peters perguntou para a Mãe se ela podia levar o Jack e a Polly para casa porque suas mães não podiam vir pegá-los e a Mãe disse que sim. Mas eu comecei a gritar dentro do carro porque havia muitas pessoas nele e o Jack e a Polly não eram da minha turma e o Jack fica batendo sua cabeça nas coisas e faz um barulho feito um animal, e eu tentei sair do carro, mas ele estava andando, eu caí na estrada e levei pontos na minha cabeça e eles tiveram de raspar o meu cabelo e levou três meses para ficar do jeito que era antes.

Assim eu permaneci imóvel no vagão do trem.

Então ouvi alguém dizer:

— Christopher.

Eu achei que seria alguém que eu conhecia, como um professor da escola ou uma das pessoas que moram na nossa rua, mas não era. Era o policial de novo. E ele disse:

— Peguei você bem a tempo —, e ele respirava alto e estava curvado, com as mãos sobre os seus joelhos.

Eu não disse nada.

Ele falou:

— Nós estamos com seu pai no distrito policial.

Eu achei que ele fosse dizer que eles tinham prendido o Pai por ter matado o Wellington, mas não foi isso o que ele disse. Ele disse:

— Ele está procurando por você.

Eu disse:

— Eu sei.

— Então, por que você está indo para Londres?

Eu respondi:

— Porque eu vou morar com a Mãe.

— Bem, acho que o seu pai talvez queira conversar com você sobre isso.

Eu achei que ele estava querendo me levar de volta para o Pai e isto me deu muito medo porque ele era um policial e policiais deviam ser boas pessoas, então eu comecei a correr, para fugir, mas ele conseguiu me agarrar e eu gritei. E então ele me soltou e disse:

— Está bem, ninguém aqui precisa ficar nervoso. — E depois ele disse: — Eu vou levar você para o distrito policial. Lá, você, eu e seu pai vamos nos sentar e bater um papo sobre quem está indo para onde.

Eu falei:

— Eu estou indo morar com a Mãe, em Londres.

Ele falou:

— Não, neste momento, você não vai para Londres.

Eu perguntei:

— Você prendeu o Pai?

Ele falou:

— Se eu prendi o seu pai? Por quê?

Eu falei:

— Ele matou um cachorro. Com um forcado de jardim. O cachorro chamava-se Wellington.

O policial perguntou:

— Ele fez isto há pouco tempo?

Eu respondi:

— Sim, fez.

Ele falou:

— Bem, nós podemos conversar sobre isto também. — E depois ele disse: — Certo, meu rapaz, acho que você já teve aventuras suficientes por um dia.

Então ele estendeu o braço e me tocou de novo e eu comecei a gritar e ele falou:

— Agora ouça, seu cretinozinho. Ou você faz o que estou dizendo, ou vou ter de...

Então, o trem balançou um pouco e começou a andar.

O policial exclamou:

— Puta merda!

Ele olhou para o teto do trem e colocou as mãos na boca como as pessoas fazem quando estão rezando para Deus no céu, respirou ruidosamente e assobiou, e parou porque o trem balançou de novo e ele teve de segurar uma das correias penduradas no teto.

Ele disse:

— Não se mexa.

Ele pegou seu transmissor, pressionou um botão e disse:

— Rob...? É o Nigel. Estou preso na porcaria do trem. Isso. E eu nem mesmo... Escute, ele pára em Didcot Parkway. Então, se você puder conseguir alguém para me encontrar com um carro... Maravilhoso. Diga ao pai do garoto que estamos com ele, mas que vai levar um tempo, está bem? Ótimo.

Ele desligou seu transmissor e disse:

— Vamos nos sentar — e apontou para dois lugares próximos que ficavam um de frente para o outro, depois disse: — Fique aí. E não faça nenhuma gracinha.

As pessoas que estavam sentadas naqueles lugares levantaram-se e se afastaram porque ele era um policial e nós sentamos um diante do outro.

Ele disse:

— Você é um criador de casos, hem? Deus do céu.

Eu fiquei me perguntando se o policial ia me ajudar a encontrar a Estrada Chapter 451c, Londres NW2 5NG.

Olhei para fora da janela e estávamos passando por fábricas e ferros-velhos cheio de carros quebrados e havia quatro vans numa área lamacenta com dois cachorros e algumas roupas penduradas para secar.

E do lado de fora da janela era como um mapa, exceto que era em três dimensões e em tamanho natural porque era exatamente a coisa que estaria no mapa. E havia tantas coisas que fez meu coração doer, então eu fechei os olhos, mas os abri de novo porque era como voar, mas próximo ao chão, e pensei que voar seria bom. Então começou a zona rural, havia campinas, vacas, cavalos, uma ponte, uma fazenda, mais casas e muitas estradas pequenas com carros rodando nelas. Isto me fez pensar que deveria haver milhões de trilhos de trens no mundo, que todos eles passavam por casas, estradas, rios, campos e isto me fez pensar em quantas pessoas deveria haver no mundo e que elas tinham casas, estradas para viajar, carros, animais, roupas, e elas almoçavam e iam para cama, tinham nomes, e isto fez meu coração doer, também, então fechei os olhos de novo e comecei a contar e gemer.

Quando abri meus olhos, o policial estava lendo um jornal chamado *The Sun* e na primeira página do jornal lia-se **Escândalo com a garota de programa de Anderson: 3 milhões de libras** e havia a fotografia de um homem e de uma mulher com o sutiã à mostra na parte inferior da página.

Então, comecei a fazer exercícios de matemática na minha cabeça, resolvendo equações de segundo grau, usando a fórmula

$$x = \frac{-b \pm \sqrt{(b^2 - 4ac)}}{2a}$$

Então eu quis fazer xixi, mas eu estava num trem. Eu não sabia quanto tempo levaria para chegar a Londres e comecei a entrar em pânico, comecei a tamborilar os nós dos dedos ritmadamente na vidraça para me ajudar a esperar e parar de pensar que eu queria ir ao banheiro, e olhei para o meu relógio, esperei 17 minutos, mas, quando eu quero fazer xixi, tenho de ir muito rápido mesmo, que é porque, quando estou em casa ou na escola, sempre vou ao banheiro antes de pegar o ônibus, e foi por isso que eu deixei escapulir um pouco e molhei minhas calças.

O policial olhou para mim e disse:

— Oh, Deus do céu, você.... — Ele abaixou seus jornais e continuou. — Pelo amor de Deus, vá à porra do banheiro.

Eu disse:

— Mas, eu estou num trem.

Ele disse:

— Tem banheiros nos trens, sabia?

Eu perguntei:

— Onde é o banheiro no trem?

Ele apontou e disse:

— Depois daquelas portas, lá. Mas eu vou ficar de olho em você, entendeu?

Eu falei:

— Não — porque eu sabia o que significava "vou ficar de olho em você", mas ele não podia ficar de olho em mim quando eu estivesse dentro do banheiro.

Ele disse:

— Vá logo à porcaria do banheiro e pronto.

Eu me levantei do meu lugar e fechei meus olhos de um jeito que as minhas pálpebras viraram apenas pequenos cortes, então eu não podia ver as outras pessoas do trem, daí, andei até a porta e, quando passei por ela, havia outra porta à direita e estava meio aberta e estava escrito **BANHEIRO** e eu entrei por ela.

Estava horrível lá dentro porque havia cocô no assento do banheiro e cheirava a cocô, como o banheiro da escola depois que o Joseph faz cocô sozinho, porque ele brinca com seu cocô.

Eu não queria usar o banheiro por causa do cocô, que era o cocô de pessoas que eu não conhecia e era marrom, mas eu tinha de usar porque eu queria fazer xixi. Eu fechei meus olhos e urinei, e o trem balançava e um bocado do xixi caiu no assento da privada e no chão, mas eu limpei meu pênis com papel, dei descarga e tentei usar a pia, mas a torneira não funcionava, então coloquei um pouco de saliva em minhas mãos, limpei-as com um lenço descartável e joguei-o na privada.

Eu saí do banheiro e vi que no lado oposto havia duas prateleiras com malas e uma mochila e isto me fez lembrar do armário suspenso lá de casa e como eu subia até ele, às vezes, e isto me faz sentir seguro. Então eu subi até a prateleira mais baixa, empurrei uma mala como se fosse uma porta e assim eu fiquei fechado lá dentro, e estava escuro, não havia ninguém lá comigo, eu não podia ouvir as pessoas conversando, me senti mais calmo e isso foi bom.

Resolvi mais algumas equações de segundo grau como

$$0 = 437x^2 + 103x + 11$$

e

$$0 = 79x^2 + 43x + 2.089$$

e mudei alguns dos coeficientes maiores para ficar mais difícil de resolver.

E então o trem começou a diminuir a velocidade, alguém veio e ficou em pé junto das prateleiras e bateu na porta do banheiro, e era o policial que falou:

— Christopher...? Christopher...?

E então ele abriu a porta do banheiro e exclamou:

— Mas que merda!

E ele estava realmente próximo porque eu podia ver seu transmissor e o cassetete em sua cintura, podia sentir o cheiro da sua loção pós-barba, mas ele não podia me ver e eu não disse nada porque eu não queria que ele me levasse para o Pai.

Ele foi embora de novo, correndo.

O trem parou e eu fiquei pensando se já era Londres, mas eu não podia me mexer porque eu não queria que o policial me encontrasse.

Uma mulher, com uma jaqueta de lã que tinha abelhas e flores, veio e tirou a mochila da prateleira que estava sobre a minha cabeça e disse:

— Puxa, você quase me matou de susto.

Mas eu não disse nada.

Ela disse:

— Acho que tem alguém lá na plataforma procurando por você.

Mas eu continuei sem dizer nada.

Ela falou:

— Bem, é problema seu — e ela foi embora.

E então outras três pessoas passaram por ali, e uma delas era um homem negro como uma roupa comprida branca e ele colocou um pacote grande na prateleira acima da minha cabeça, mas ele não me viu.

E o trem começou a andar de novo.

199

As pessoas acreditam em Deus porque o mundo é muito complicado e elas acham muito improvável que coisas tão complicadas quanto um esquilo-voador, um olho humano ou um cérebro possam acontecer apenas por acaso. Mas elas deveriam pensar logicamente e se pensassem logicamente veriam que somente podem fazer esta pergunta porque essas coisas já aconteceram e de fato existem. Há bilhões de planetas onde não há vida, mas não há ninguém nestes planetas com cérebro para se dar conta disso. É como se todos no mundo estivessem atirando moedas para o alto até que finalmente conseguissem 5.698 *caras* em seqüência direta e essa pessoa pensaria que era muito especial. Mas eles não seriam nada especiais porque haveria milhões de pessoas que não conseguiriam 5.698 *caras*.

Há vida na Terra devido a um acidente. Mas é um tipo muito especial de acidente. Para este acidente acontecer desta forma especial, têm de haver três condições. São elas:

1. As coisas têm de fazer cópias delas mesmas (isso é chamado **Replicação**)

2. Elas têm de cometer pequenos erros quando elas fazem isto (isso é chamado **Mutação**)

3. Estes erros têm de ser iguais em suas cópias (isso é chamado **Hereditariedade**)

Estas condições são raras, mas são possíveis e geram a vida. Simplesmente acontecem. Mas não necessariamente têm de dar em rinocerontes, seres humanos ou baleias. Podem dar qualquer coisa.

Por exemplo, algumas pessoas se perguntam como pode um olho existir por acidente? Porque um olho tem de se desenvolver de alguma coisa muito semelhante a um olho e isso não acontece somente devido a um engano genético, e o que adianta um olho que funcione pela metade? Mas a metade de um olho é muito útil porque a metade de um olho significa que um animal pode ver a metade de um animal que quer comê-lo e fugir dele e comerá o animal que somente tem a terça parte de um olho ou 49% de um olho, apenas, porque este, então, não fugiu dele suficientemente rápido, e o animal que é comido não teria bebês porque está morto.

E as pessoas que acreditam em Deus acham que Deus colocou seres humanos na Terra porque são os melhores animais, mas seres humanos são apenas mais um animal e eles se desenvolverão até gerar outro animal e aquele animal será mais inteligente e colocará os seres humanos em um zoológico, como a gente coloca chimpanzés e gorilas nos zoológicos. Ou seres humanos pegarão uma doença e morrerão, ou eles produzirão poluição demais e se matarão, e então haverá somente insetos no mundo e eles serão os melhores animais do planeta.

211

Então me perguntei se deveria descer do trem porque ele tinha acabado de parar em Londres, e fiquei com medo, porque se o trem fosse a algum outro lugar poderia ser um lugar onde eu não conhecesse ninguém.

E então pessoas entraram no banheiro e saíram de novo, mas não me viram. Eu podia sentir o cheiro de suas fezes e era diferente do cheiro das fezes que senti no banheiro quando fui lá.

Fechei meus olhos e fiz alguns exercícios de matemática para não pensar aonde eu estava indo.

Então, o trem parou de novo e eu pensei em descer da prateleira, pegar minha mala e saltar do trem. Mas eu não queria ser achado pelo policial e ser levado para o Pai, então fiquei na prateleira e não me mexi e ninguém me viu desta vez.

Eu me lembrei que havia um mapa na parede de uma das salas da escola e era um mapa da Inglaterra, da Escócia e Gales, e mostrava onde eram as cidades e eu imaginei em minha cabeça o mapa com Swindon e Londres, e ficou assim na minha cabeça:

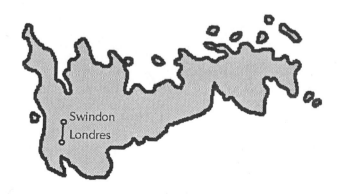

Eu estive olhando no meu relógio desde que o trem partiu, às **12h59min**. A primeira parada tinha sido às **13h16min**, 17 minutos depois. Agora eram **13h39min**, que eram 23 minutos depois da parada, o que significava que a gente entraria no mar se o trem não fizesse uma grande curva. Mas eu não sabia se ele faria ou não uma grande curva.

Houve quatro novas paradas e quatro pessoas vieram e pegaram malas das prateleiras e duas pessoas colocaram malas nas prateleiras, mas nenhuma mexeu na mala grande que estava me cobrindo. Somente uma pessoa me viu e disse:

— Companheiro, você é muito esquisito!

E esse era um homem vestindo um terno. Às 6 horas, pessoas entraram no banheiro, mas não fizeram cocô que eu pudesse cheirar, o que foi bom.

O trem parou e uma senhora com um casaco amarelo impermeável veio e pegou a mala grande e perguntou:

— Você mexeu na minha mala?

Eu disse:

— Mexi.

E então ela foi embora.

Um homem que estava em pé próximo à prateleira disse:

— Barry, venha cá ver isto. Eles têm elfos no trem, agora.

Outro homem veio e parou junto a ele e disse:

— Bem, a gente estava bebendo, não estava?

O primeiro homem observou:

— Quem sabe a gente poderia dar a ele algumas nozes para comer?

O segundo homem disse:

— Você está é pirado!

E o primeiro falou:

— Vamos, mexa-se, seu babaca. Preciso tomar mais cervejas senão vou acabar ficando sóbrio.

E eles foram embora.

O trem ficou então tranqüilo de verdade, não se moveu mais, e eu também não escutava mais ninguém por ali. Decidi descer da prateleira, pegar minha mala e ver se o policial ainda estava sentado no mesmo lugar.

Eu desci da prateleira e olhei através da porta, mas o policial não estava lá. Minha maleta tinha ido embora também, e era onde tinha a comida do Toby, meus livros de matemática, minhas calças limpas, o colete, a camisa, o suco de laranja, o leite, as tangerinas, o creme e as ervilhas enlatadas.

Então, escutei o som de uns pés, eu me virei e era outro policial, não o que esteve no trem antes, e eu pude vê-lo através da porta, no vagão seguinte, e ele estava olhando debaixo dos assentos. Eu decidi que eu não gostava mais de policiais, e saltei do trem.

E quando vi como era grande a área onde estava o trem e escutei todo aquele barulho e todo aquele eco, tive de me ajoelhar no chão um pouco, porque pensei que fosse cair. E, ajoelhado no chão, comecei a pensar que caminho deveria seguir, e eu decidi andar na direção que o trem estava indo quando entrou na estação porque, se tinha sido a última parada, era a direção em que ficava Londres.

Eu me levantei e imaginei que havia uma grande linha vermelha no chão que corria paralelo ao trem até o portão lá longe, e eu andava ao longo dela, dizendo:

— Esquerdo, direito, esquerdo, direito... — e ia repetindo isso, como antes.

Quando alcancei o portão, um homem veio me dizer:

— Creio que alguém está procurando por você, filhinho.

Eu perguntei:

— Quem está procurando por mim? —, porque eu achava que deveria ser a Mãe e que o policial em Swindon tinha ligado para ela com o número de telefone que eu havia dado a ele.

Mas ele disse:

— Um policial.

Eu disse:

— Eu sei.

Ele disse:

— Oh, certo. — E falou depois: — Você, espere aqui que eu vou lá chamá-los — e retornou para a lateral do trem.

Então continuei a andar. Eu podia ainda sentir uma emoção como um balão dentro do meu peito e isto me afligiu, tapei meus ouvidos com minhas mãos, saí, e me encostei contra a parede de uma pequena loja onde se lia **Reservas para Hotel e Teatro tel: 0207 402 5164** no meio de uma grande sala e então tirei minhas mãos de meus ouvidos, gemi para cobrir o barulho e olhei em volta da grande sala, olhei para todos os cartazes para ver se era Londres. E os cartazes diziam

Sweet Pastries **Heathrow Airport Check-In Here** *Bagel Factory* **EAT** *excellence and taste* **YO!** sushi **Stationlink** Buses **W H Smith** MEZZANINE **Heathrow Express** Clinique First Class Lounge FULLERS easyCar.com *The Mad Bishop* and **Bear Public House** Fuller's London Pride Dixons **Our Price** Paddington Bear at Paddington Station **Tickets** Taxis ↑↓**Toilets** First Aid **Eastbourne Terrace** ██████ing-**ton** Way Out **Praed Street** **The Lawn** Q Here Please Upper Crust Sainsbury's **Local** ⓘ **Information** GREAT WESTERN FIRST Ⓟ Position Closed **Closed** Position Closed Sock Shop Fast Ticket Point 🚭 **Millie's Cookies**

Coffee FERGIE TO STAY AT MANCHESTER UNITED **Freshly Baked Cookies and Muffins** Cold Drinks **Penalty Fares** Warning **Savoury Pastries** Platforms 9-14 *Burger King* **Fresh Filled!** the reef° café bar **business travel** *special edition* TOP 75 ALBUMS Evening Standard

Mas depois de alguns segundos, pareciam como isto

Swe**athr**♟♞■ow◯❚**Airpheck-l**agtory**EA**enceandtaste **ㄴつ!** suu**sct**Hees**ort**CWHSmith**EANEIN**S**tat**nH✳**ioe**adBho **athr**nieFirlassLoULLER**nreHe**B**Seasy**Car.com*TheM*panard Beble**Fuler's**LonPr^{ndo}idePai**esstr**Dzzixons**Our**isPPurd**Eboi**🖺 🜃ceic**Hous**PatCngtoneaswat**Poa**gtonTetsTa*elFac*❗**Toil** ed**dists**Firs⬅ ⋙ta◔ Bungfe**Fi**5us✳✖HPDNLe**Terrace**■ ■■ingtonW♱astaySt✲atio✎ ⬛nli**nk**OutC▦losed①& qed3iniBr**1uowo**[Cli**Pra**icxiskedPointDrS▦**treetTheLy** uaw**Hea**✿ ◨rCrust**Mufly**B📖akl6dE①Ton**Close**❝◆*excel* le^{toxpr}**ess**nQinrePlek4shSaisesUp ⬆ ⬅ ⬈pensburiy'sLcidSol♩ k**t**①ck**ma**tion**REAT**M✚✚**ASTER**Cookies**WESTL**fins**Coj**RN 2Fning**STan**l⑥R**ST**⑰P0all**nforositio**NCH⯈✦✳**En**STAYATS 3hop**Fast**☉✲Positd**t**◉I**Penie**⟫⚹sP**loNla**8⑨🛍④⭕◆tfoe9s WEf°cusCoffReosVeledPOSi⊗t**ness**kix①edcoreShoj⊗✕③ **5AL**BialedMili**iafébarbeean**CrKl'**geing**☉F3illeFFTOUr⚥m**EGI** Es9TED**Fres**e⏩ ▭sanalty**Farrning**Sa⓪vou^{ryPa}**stri**14*Bur* zd!**the**ℳ🖬●resit✳▭rh🗐🗔a*specition*TOP&UMSEvedard

porque havia coisas demais e meu cérebro não estava traba- lhando devidamente e isto me apavorou, então fechei meus olhos de novo e contei devagar até 50, sem elevar os números ao cubo. Fiquei em pé lá e abri meu canivete do exército suíço no meu bolso para me sentir seguro e apertei-o firmemente.

Fiz com minhas mãos e dedos como se fosse um pequeno tubo, abri meus olhos, olhei através do tubo de forma a ver apenas um cartaz de cada vez e depois de algum tempo eu vi um cartaz que dizia ⓘ **Informação** e estava acima de uma janela de uma pequena loja.

Um homem se aproximou de mim e ele estava usando paletó e calças azuis, sapatos marrons e estava com um livro em suas mãos e disse:

— Você parece perdido.

Então eu tirei fora o meu canivete do exército suíço.

Ele disse:

— Ei, peraí! Ei! Ei! Ei! Ei! Ei!

E ele estendeu suas mãos com seus dedos esticados num leque, como se quisesse que eu esticasse meus dedos num leque e quisesse tocar meus dedos porque ele queria dizer que ele me amava, mas ele fez isto com ambas as mãos, não como o Pai e a Mãe, com uma mão só, e eu não sabia quem ele era.

Então recuou alguns passos.

Eu entrei na loja que dizia ⓘ**Informação** e pude sentir meu coração batendo muito forte e pude ouvir um barulho como o mar em meus ouvidos. Daí, fui até a janela e perguntei:

— Aqui é Londres?

Mas, não havia ninguém atrás da janela.

Então alguém sentou-se atrás da janela e era uma senhora e era negra e tinha unhas longas pintadas de rosa e eu perguntei:

— Aqui é Londres?

E ela disse:

— Claro que é, querido.

Eu perguntei:

— É Londres de verdade?

Ela falou:

— É, de verdade.

Eu perguntei:

— Como eu faço para chegar à Estrada Chapter 451c, Londres NW2 5NG?

— Onde isso fica?

Lu falei:

— É na Estrada Chapter 451c, Londres NW2 5NG. E tem vezes que se escreve *Estrada Chapter 451c, Willesden, Londres NW2 5NG.*

E a senhora me disse:

— Pegue a linha para a estação Willesden Junction, querido. Ou Willesden Green. Deve ser perto de lá.

Eu perguntei:

— Que tipo de linha é essa?

Ela falou:

— Você é de verdade?

E eu não disse nada.

Ela disse:

— Olhe lá! Está vendo as escadas rolantes? Vê o cartaz? Diz *METRÔ.* Tome a Linha Bakerloo para a estação Willesden Junction ou a Jubilee para Willesden Green. Você está bem, querido?

Olhei para onde ela estava apontando e havia uma grande escada indo para dentro do chão e havia um cartaz grande em cima como este:

Eu então pensei que eu podia fazer isso, sim, porque eu estava indo bem até agora e eu já tinha chegado a Londres e eu podia, então, encontrar a minha mãe. Eu precisava pensar que *as pessoas são como vacas num campo*, e eu tinha apenas de olhar para frente o tempo todo e fazer uma linha vermelha ao longo do chão na imagem do grande salão na minha cabeça, e segui-la.

Andei pelo grande salão até as escadas rolantes. Eu mantive bem firme nos dedos o meu canivete do exército suíço, dentro do meu bolso, e segurei o Toby em meu outro bolso para ter certeza de que ele não ia escapar.

E as *escadas rolantes* eram uma escada, mas que se movia, e as pessoas pisavam sobre elas e eram carregadas para baixo e para cima e isto me fazia rir, porque eu nunca tinha andado numa dessas antes e era como num filme de ficção científica sobre o futuro. Mas eu não quis usar as escadas rolantes e fui pelas escadas normais.

E então eu estava num salão menor no subsolo e havia muitas pessoas e muitas colunas que tinham luzes azuis no chão ao redor do pé delas e eu gostei disto, mas eu não gostei das pessoas, então eu vi uma cabina de fotografia instantânea como uma em que eu entrei em 25 de março de 1994 para tirar a fotografia do meu passaporte, e eu entrei na cabina porque era como um armário, eu me senti mais seguro e pude olhar através da cortina.

Fiquei investigando por observação e vi que as pessoas estavam colocando bilhetes em portões cinza e atravessando os portões. Algumas pessoas estavam comprando bilhetes em grandes máquinas pretas na parede.

Observei 47 pessoas fazerem isso e memorizei o que elas

faziam. Então eu imaginei uma linha vermelha no chão e andei até a parede onde havia um cartaz com uma relação de lugares para ir e estavam em ordem alfabética e eu vi Willesden Green e dizia 2 libras e 20. E eu fui para uma das máquinas e havia uma pequena tela que dizia **PRESSIONE O TIPO DE BILHETE**, eu pressionei o botão que a maioria das pessoas pressionou que era **ADULTO SIMPLES** e 2 libras e 20, e a tela disse **INSIRA 2 LIBRAS E 20**, eu coloquei três moedas de 1 libra na abertura e houve um barulho de tlintlim e a tela disse **PEGUE O BILHETE E O TROCO** e havia um bilhete num pequeno buraco no fundo da máquina, e uma moeda de 50 pences e outra de 20 pences e uma moeda de 10 pences. Coloquei as moedas em meu bolso e fui para um dos portões cinza, coloquei meu bilhete na abertura e ele foi puxado e apareceu do outro lado do portão. Alguém disse:

— Ande logo!

Daí, fiz o barulho de cachorro latindo, avancei, o portão abriu nessa hora, eu peguei meu bilhete como as outras pessoas faziam e olhei para o portão cinza porque isso era que nem um filme de ficção científica sobre o futuro também.

Então eu tive de pensar que caminho seguir, assim eu fiquei de pé contra a parede para as pessoas não me tocarem e havia um cartaz para **Linha Bakerloo** e **Linha District e Circle**, mas nenhuma para a **Linha Jubilee** como a senhora falou, então bolei um plano e ele era ir para a *Willesden Junction na Linha Bakerloo*.

Havia outro cartaz para Linha Bakerloo e era assim

← Linha Bakerloo

Harrow & Wealdstone ⇌
Kenton
South Kenton
North Wembley
Wembley Central
Stonebridge Park
Harlesden
Willesden Junction ⇌
Kensal Green
Queens Park ⇌
Kilburn Park
Maida Vale
Warwick Avenue
Paddington
Edgeware Road
Marylebone ⇌
Baker Street
Regent's Park
Oxford Circus
Piccadily Circus
Charing Cross ⇌
Embankment
Waterloo ⇌
Lambeth North
Elephant & Castle ⇌

Eu li todas as palavras e encontrei a **Willesden Junction**, segui a flecha que dizia ← e entrei no túnel esquerdo e havia uma
cerca no meio do túnel e as pessoas andando em frente ficavam à

esquerda e vindo no sentido oposto ficavam à direita, como numa estrada, então fiquei andando pela esquerda e o túnel fez uma curva à esquerda e havia mais portões e um cartaz que dizia **Linha Bakerloo** e apontava para as escadas rolantes, então eu desci as escadas rolantes e tive de segurar o trilho de borracha, mas ele se movia também rapidamente, então, não caí e as pessoas que estavam de pé estavam perto demais de mim e eu tive vontade de bater nelas, para se afastarem, mas não fiz isto por causa da advertência.

Quando eu estava no final das escadas, tive de saltar, mas aí tropecei e esbarrei numa pessoa que disse:

— Calma.

Havia dois caminhos para seguir e um dizia **Northbound** e fui por este porque **Willesden** estava na metade de cima do mapa e a parte de cima é sempre o norte nos mapas.

Então eu estava noutra estação de trem, mas era minúscula e havia um túnel e somente um trilho e as paredes eram curvas e cobertas com grandes anúncios que diziam **Saída** e **Museu de Transportes de Londres** e **Reserve um tempo para lamentar a escolha de sua carreira** e **Jamaica** e ⇄ **Estrada de ferro britânica** e 🚭 **Não fumar** e **Siga** e **Siga** e **Siga** e **Para estações além de Queen's Park tome o primeiro trem e mude em Queen's Park se necessário** e **Hamersmith e Linha City e Você está mais próximo que minha família jamais conseguiu**. Havia muitas pessoas em pé na pequena estação e era embaixo da terra, então não havia janelas e eu não gostei daquilo, então encontrei um lugar para sentar que era um banco, e sentei na extremidade do banco.

Muitas pessoas começaram a entrar na pequena estação. Alguém sentou-se na outra extremidade do banco e havia uma senhora que tinha uma pasta preta, sapatos roxos e um broche com a forma de um papagaio. As pessoas ficaram na pequena estação e havia muito mais pessoas do que na grande estação. Eu não podia mais ver as paredes, e as costas do paletó de alguém tocou meus joelhos, eu me senti mal e comecei a gemer alto, a senhora do banco ficou de pé e ninguém mais se sentou. Eu me senti como eu me sentia quando estava gripado e tinha de ficar de cama e todo o meu corpo me doía e eu não podia andar nem comer, nem dormir nem estudar matemática.

E então houve um som como se muitas pessoas estivessem lutando com espadas e eu pude sentir um vento forte, e começou um rugido, eu fechei meus olhos e o rugido ficou mais alto, eu gemi alto de verdade, agora, mas não pude tampar meus ouvidos e eu achei que a pequena estação estivesse desmoronando ou que estava acontecendo um grande incêndio em algum lugar e eu ia morrer. Então o rugido transformou-se num barulho enorme e num guincho e foi ficando mais baixo, depois, e parou e eu mantive meus olhos fechados porque eu me sentia seguro não vendo o que estava acontecendo. Eu pude ouvir as pessoas se mexendo de novo porque estava mais tranqüilo. Eu abri meus olhos. No início eu não vi nada porque havia muitas pessoas. Havia suor correndo no meu rosto e eu estava guinchando, não gemendo, mas diferente, como um cachorro quando fere a pata e eu ouvia o som, mas, no início, não imaginei que fosse eu.

As portas do metrô se fecharam e ele começou a se movimentar e rugir novamente, mas não tão alto desta vez, e cinco vagões passaram por mim, e então ele entrou no túnel do final da pequena estação e tudo ficou quieto de novo e as pessoas estavam todas entrando nos túneis que saíam da pequena estação.

Eu estava tremendo e quis voltar para casa e então lembrei que não podia voltar para casa porque o Pai estava lá e ele tinha me dito uma mentira e tinha matado o Wellington, o que significava que lá não era mais a minha casa, minha casa era a Estrada Chapter 451c, Londres NW2 5NG e isto me amedrontou, ter um pensamento errado como *eu desejo voltar para casa* porque isto significava que minha cabeça não estava trabalhando devidamente.

Mais pessoas entraram na estação pequena e ela ficou muito cheia e o rugido começou novamente, eu fechei meus olhos, comecei a suar e a passar mal e tive aquela sensação de um balão se enchendo dentro do meu peito e era um balão tão grande que eu fiquei achando difícil respirar. E então as pessoas entraram no trem e a estação ficou vazia de novo. Então, começou a se encher de pessoas de novo e chegou outro trem com o mesmo rugido. E era exatamente como ter uma gripe desta vez porque eu quis parar o rugido, como a gente simplesmente desliga a tomada do computador da parede se ele quebra, e eu quis dormir para parar de pensar porque a única coisa que eu podia pensar era quanto estava doendo porque não havia espaço para mais nada na minha cabeça, mas eu não podia dormir e precisava ficar sentado lá, mais nada, e não havia nada que eu pudesse fazer exceto esperar e sentir dor.

223

E aqui vai outra descrição porque Siobhan disse que eu deveria fazer descrições e isto é uma descrição de um anúncio que estava na parede da estação de metrô pequena, em frente a mim, mas eu não posso me lembrar dele todo porque eu pensei que eu estava morrendo.

O anúncio dizia

Férias de sonho,
Pense Kuoni
Na Malásia

e atrás do que estava escrito havia uma grande fotografia de dois orangotangos que estavam balançando em galhos e havia árvores atrás deles, mas as folhas estavam embaçadas porque a câmara estava focalizando os orangotangos e não as folhas e os orangotangos estavam se movimentando.

Orangotango é uma palavra de origem malasiana, **ōrangūtan**, que significa *homem das florestas*.

Anúncios são imagens ou programas de televisão para fazer você comprar coisas como carros ou tênis ou usar um provedor da Internet. Mas este era um anúncio para fazer você ir para a Malásia nas férias. E a Malásia é no sudeste da Ásia, é formada pela Península da Malásia, Sabah, Sarawak, Labuan, a capital é Kuala Lumpur, a montanha mais alta é o Monte Kinabalu que tem 4.101 metros de altura, mas isto não estava no anúncio.

Siobhan diz que as pessoas saem de férias para ver coisas novas e relaxar, mas é algo que não me faria ficar relaxado e você pode ver coisas novas olhando para a terra com um microscópio ou desenhando a forma de um corpo sólido feito com três varetas circulares de igual espessura intersectadas em ângulos retos. Eu acho que, dentro de uma casa, e basta o interior de uma, há tantas coisas que levaria anos para pensar sobre tudo devidamente. E, também, uma coisa é interessante porque a gente pensa sobre ela e não porque é nova. Por exemplo, Siobhan me mostrou que a gente pode molhar o dedo e passar na borda de um copo de vidro fino para fazer um som musical. Você pode colocar diferentes quantidades de água em copos diferentes e eles fazem notas diferentes porque eles têm o que são chamadas de *freqüências ressonantes*, e você pode tocar uma melodia feito ***Três ratos cegos***. Muitas pessoas têm copos de vidro fino em suas casas e elas não sabem o que fazer com eles.

O anúncio dizia

Malásia, a verdadeira Ásia.

Estimulado por visões e cheiros, você percebe que chegou a uma terra de contrastes. Você encontra o tradicional, o natural e o cosmopolita. E você vai se lembrar para sempre dos dias na cidade, dos que passou nas reservas naturais e das horas preguiçosas na praia. Preços a partir de 575 libras por pessoa.

Ligue para 01306 747000, converse com seu agente de viagem ou visite o mundo em www.kuoni.co.uk

Um mundo de diferença.

Havia três outras fotografias, elas eram pequenas e eram um palácio, uma praia e um palácio.

E isso aí embaixo é como os orangotangos pareciam:

227

Mantive meus olhos fechados e não olhei para o meu relógio. Os trens entravam e saíam da estação ritmadamente, como música ou um tambor. Era como contar e dizer:

— Esquerdo, direito, esquerdo, direito, esquerdo, direito...

Que foi o que Siobhan me ensinou a fazer para eu ficar calmo. Eu estava dizendo na minha cabeça:

— Trem vindo. Trem parou. Trem indo. Silêncio. Trem vindo. Trem parou. Trem indo...

...como se os trens estivessem somente na minha cabeça. Normalmente eu não imagino coisas que não estão acontecendo porque é uma mentira e isto me faz ficar assustado, mas era melhor do que observar os trens entrando e saindo da estação porque isto fazia eu me sentir ainda mais assustado.

Eu não abri meus olhos e não olhei para o meu relógio. Era como estar em um quarto escuro com as cortinas fechadas, de forma que eu não podia ver nada, como quando você acorda à noite e os únicos sons que você ouve são dentro da sua cabeça. Isto faz a gente se sentir melhor porque é como se a pequena estação não estivesse lá, fora da minha cabeça, como se eu estivesse na cama e seguro.

Então os silêncios entre os trens indo e vindo ficaram mais longos. Eu pude escutar que havia menos pessoas na estação pequena quando o trem não estava lá, então eu abri meus olhos e olhei para o meu relógio que marcava 20h07min. Eu estive sentado no banco havia aproximadamente cinco horas, mas não parecia que tinham sido aproximadamente cinco horas, a não ser pela dor no meu traseiro e por eu estar com fome e com sede.

Então, percebi que o Toby tinha escapado porque ele não estava em meu bolso e eu não queria que ele tivesse fugido porque nós não estávamos na casa do Pai nem na casa da Mãe e não havia ninguém para alimentá-lo na estação pequena e ele morreria e ele poderia até ser atropelado por um trem.

Olhei para o teto e vi que havia uma caixa comprida preta que era um aviso e dizia:

1	Harrow & Wealdstone	2 min
3	Queens Park	7 min

Então a linha de baixo rolava para cima e desaparecia e uma linha diferente tomava o seu lugar e o aviso dizia agora

1	Harrow & Wealdstone	1 min
2	Willesdon Junction	4 min

Então ele mudava de novo e dizia

1	Harrow & Wealdstone
** FIQUE AFASTADO, TREM SE APROXIMANDO **	

Ouvi o som que era parecido com uma luta de espadas e o rugido de um trem entrando na estação e imaginei que havia um grande computador em algum lugar que sabia onde estavam todos os trens e enviava mensagens para as caixas pretas nas estações pequenas para dizer quando os trens estavam chegando e isto me fez sentir melhor porque todas as coisas então tinham uma ordem e um planejamento.

O trem entrou na pequena estação, parou, cinco pessoas pegaram o trem e outra pessoa correu pela pequena estação para pegá-lo e sete pessoas desceram do trem e então as portas se fecharam automaticamente e o trem foi embora. Quando o trem seguinte veio, eu não estava mais assustado porque o aviso dizia **TREM SE APROXIMANDO**, então eu já sabia o que ia acontecer.

Então, decidi que ia procurar o Toby porque havia somente três pessoas na pequena estação. Daí, eu me levantei e olhei por toda a volta da estação pequena e nas portas de entrada que iam para os túneis, mas eu não pude vê-lo em nenhum lugar. Então, olhei para o vão escuro, mais embaixo, onde os trilhos ficavam.

Eu vi dois camundongos e eles eram negros porque estavam cobertos de sujeira. Eu gostei daquilo porque eu gosto de camundongos e ratos. Mas eles não eram o Toby, então continuei olhando.

Então eu vi o Toby e ele também estava no vão escuro onde os trilhos ficavam, eu soube que era Toby porque ele era branco e tinha uma mancha em forma de um ovo marrom em suas costas. Então eu desci da plataforma de concreto para o vão escuro. O Toby estava comendo um pedaço de alguma coisa que havia num papel velho de embrulhar doces. Alguém gritou:

— Deus do céu! O que você está fazendo?

Fu me abaixei para apanhar o Toby mas ele correu. Eu fui atrás dele, me abaixei de novo e chamei:

— Toby...Toby...Toby...

E estendi minha mão porque assim ele podia cheirá-la e cheirar que era eu.

Alguém disse:

— Saia logo daí, puta merda! — eu me voltei e havia um homem que estava usando uma capa de chuva verde e sapatos pretos e suas meias apareciam e eram cinza com pequenos losangos nelas.

Eu chamei:

— Toby...Toby... — mas ele fugiu de novo.

O homem das meias de losangos tentou agarrar meus ombros, então eu gritei. Eu escutei o som de espadas lutando e o Toby começou a correr de novo, mas, desta vez, ele correu em sentido contrário, ou seja, passou por entre meus pés e eu me abaixei para pegá-lo e o agarrei pelo rabo.

O homem das meias de losangos disse:

— Deus do céu! Oh, meu Deus!

Eu escutei aquele rugido, ergui o Toby e o estava segurando com ambas as mãos, e ele mordeu o meu polegar, e saiu sangue, e eu gritei e o Toby tentou escapulir das minhas mãos.

Então o rugido ficou mais forte, eu me virei e vi o trem saindo do túnel, eu ia ser atropelado, ia ser morto, então tentei pular de volta para a plataforma de concreto mas era alta demais e eu estava segurando o Toby com as duas mãos.

Daí, o homem das meias de losangos me agarrou, me puxou e eu gritei, mas ele continuou me puxando e me puxou até o concreto, nós caímos e eu continuei a gritar porque ele tinha machucado meu ombro. Então, o trem entrou na estação e eu consegui ficar de pé, corri para o banco de novo e coloquei Toby no bolso da minha jaqueta, ele ficou muito tranqüilo e não se mexeu mais.

O homem das meias de losangos agora estava em pé junto de mim e ele disse:

— Mas que merda de brincadeira foi essa?

Eu não disse nada.

Ele perguntou:

— O que você estava fazendo ali embaixo?

As portas do trem se abriram, as pessoas desceram e havia uma senhora em pé atrás do homem das meias de losangos e ela estava carregando um estojo de violão igual ao de Siobhan.

Eu disse:

— Eu estava salvando o Toby. Ele é meu rato de estimação.

O homem das meias de losangos exclamou:

— Puta merda!

A senhora com o estojo de violão disse:

— Ele está bem?

O homem das meias de losangos disse:

— Ele? Foi uma droga de um milagre! Meu Deus! Um rato. Oh, que merda, lá vai meu trem!

Ele correu para o trem e bateu na porta que estava fechada, o trem começou a andar e ele disse:

— Puta merda!

A senhora disse:

— Você está bem? — Daí, ela tocou meu braço e eu gritei de novo.

Ela disse:

— OK. OK. OK.

Havia um adesivo em seu estojo de violão que dizia

Eu estava sentado no chão, a mulher ajoelhou-se e disse:

— Há alguma coisa que eu possa fazer por você?

Se ela fosse uma professora da escola, eu poderia perguntar: "Onde fica a Estrada Chapter 451c, Willesden, Londres NW2 5NG?", mas ela era uma estranha, então eu falei:

— Fique longe de mim — porque não gostei que ela ficasse tão junto de mim. — E disse também: — Eu tenho um canivete do exército suíço e tem uma lâmina serrada com ele e eu posso cortar fora os dedos de uma pessoa.

Ela disse:

— Está bem, camarada. Estou entendendo isto como um *não* — ela se pôs de pé e se afastou.

O homem das meias de losangos disse:

— Ele é doido de pedra. Deus meu! — e passou o lenço em seu rosto e havia manchas de sangue no lenço.

Daí, chegou outro trem e o homem das meias de losangos e a senhora com o estojo de violão entraram nele e foram embora.

Mais oito trens vieram e eu decidi que eu ia subir num trem e depois iria decidir o que deveria fazer.

Então peguei o trem seguinte.

Toby tentou sair de meu bolso, mas eu o segurei e o coloquei no bolso de fora e fiquei prendendo-o com minha mão.

Havia 11 pessoas no vagão e eu não gostei de estar num lugar fechado com 11 pessoas dentro de um túnel, então eu me concentrei nas coisas que havia no vagão. Havia avisos dizendo **Há 53.963 chalés de férias na Escandinávia e na Alemanha e Vitabiotics e 3435 e Multa de 10 libras para quem não estiver com um bilhete válido para sua viagem e Descubra ouro, então bronze e TVIC e EPBIC e Chupe meu pau e ⚠ Obstruir as portas pode ser perigoso e BRV e Con.IC e FALE COM O MUNDO.**

Havia uma estampa na parede que era assim:

Os lugares dos assentos pareciam como estes

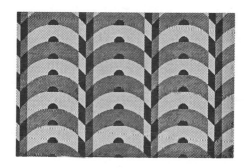

O trem balançou muito e eu tive de segurar num corrimão e entramos num túnel e era barulhento, fechei meus olhos e comecei a sentir o sangue bombeando nas laterais do meu pescoço.

Então, saímos do túnel e passamos por outra estação pequena chamada **Warwick Avenue**, escrito em letras grandes na parede, e eu gostei porque então dava para saber onde eu estava.

Eu calculei o tempo que levava entre as estações até a Willesden Junction e os tempos entre as estações eram múltiplos de 15 segundos, assim:

Paddington	0:00
Warwick Avenue	1:30
Maida Vale	3:15
Kilburn Park	5:00
Queen's Park	7:00
Kensal Green	10:30
Willesden Junction	11:45

E quando o trem parou na **Willesden Junction**, as portas se abriram automaticamente e eu saí do trem. Daí, as portas se fecharam e o trem partiu. Todos que desceram do trem foram para as escadas rolantes e depois atravessaram uma ponte, exceto eu, e então havia somente duas pessoas, que eu pudesse ver, e uma era um homem e estava bêbado, ele tinha manchas de sujeira marrons em seu casaco e seus sapatos não formavam um par e ele estava cantando, mas eu não pude ouvir o que ele estava cantando, e o outro era um homem indiano numa loja com uma pequena janela aberta na parede.

Eu não queria falar com nenhum deles porque eu estava exausto e com fome e já tinha conversado com estranhos demais, o que é perigoso, e quanto mais você faz uma coisa perigosa, mais provável é que alguma coisa de ruim aconteça. Mas eu não sabia como chegar à Estrada Chapter 451c, Londres NW2 5NG, então eu tinha de perguntar a alguém.

Então eu fui até ao homem na pequena loja e perguntei:

— Onde é a Estrada Chapter 451 c, Londres NW2 5NG?

Ele pegou um pequeno livro, entregou-o para mim e disse:

— Duas e noventa e cinco.

E o livro intitulava-se *Atlas de ruas de Londres AZ e Mapa de Índices geográficos de A a Z Companhia de Mapas*, e eu o abri e havia muitos mapas nele.

O homem da pequena loja disse:

— Você vai comprar ou não?

Eu disse:

— Eu não sei.

— Bem, então pode ir tirando os seus dedinhos sujos dele, se você não se importa — e ele o tomou de volta.

Eu perguntei:

— Onde é a Estrada Chapter 451 c, Londres NW2 5NG?

— Ou você compra o *De A a Z* ou dá o fora. Não sou uma enciclopédia ambulante.

Eu disse:

— Esse aí é o de *A a Z*? — e apontei para o livro.

Ele disse:

— Não, é um crocodilo morto.

Eu repeti:

— Esse aí é o *De A a Z*? — porque aquilo não era um crocodilo e eu achei que tinha entendido errado por causa do sotaque dele.

Ele disse:

— Sim, é o *De A a Z*.

Eu disse:

— Posso comprá-lo?

Ele não disse nada.

Eu repeti:

— Posso comprá-lo?

Ele disse:

— 2 libras e 95, mas você vai ter de me dar o dinheiro primeiro. Nada de tentar escapar com o livro.

E então eu percebi que ele quis dizer 2 libras e 95 pences quando ele disse duas e noventa e cinco.

Eu paguei a ele 2 libras e 95 com meu dinheiro e ele me deu

troco exatamente como na loja perto de casa, e eu fui me sentar recostado na parede como o homem com as roupas sujas, mas bem longe dele, e abri o livro. Abrindo o livro, havia logo um grande mapa de Londres com indicação de lugares como **Abbey Wood** e **Poplar** e **Acton** e **Stanmore**. E estava escrito **CÓDIGOS PARA AS PÁGINAS DO MAPA**. O mapa estava coberto com uma grade de linhas e cada quadrado da grade tinha dois números nele. **Willesden** estava no quadrado que dizia **42 e 43**. Calculei que os números fossem os números das páginas nas quais a gente podia ver o mapa daquele quadrado de Londres numa escala maior. E o livro todo era um grande mapa de Londres, mas um mapa todo dividido, para então poder ser feito no formato de um livro, e eu gostei daquilo.

Mas a Willesden Junction não estava nas páginas 42 e 43. Eu fui encontrá-la na p. 58 que estava diretamente sob a página 42 nos **CÓDIGOS PARA AS PÁGINAS DO MAPA**, e que se juntava à p. 42. Eu olhei ao redor da Willesden Junction em espiral, como quando eu estava procurando pela estação de trem em Swindon, mas só que percorrendo o mapa com o meu dedo.

O homem que tinha sapatos que não formavam par veio para perto de mim e disse:

— Queijo grande. Oh, sim. As enfermeiras. Nunca. Maldito mentiroso. Maldito mentiroso de uma figa.

Então ele foi embora.

Levei um longo tempo para encontrar a Estrada Chapter porque não estava na p. 58. Estava atrás, de novo na p. 42, e era no quarteirão 5C.

E era assim que apareciam no livro as ruas entre a Willesden Junction e a Estrada Chapter:

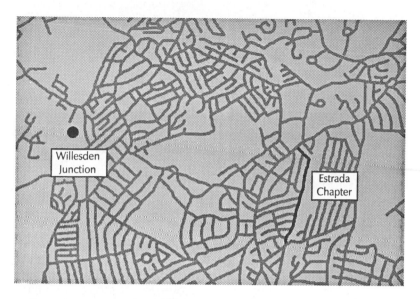

E este era o meu caminho:

Então, eu fui para as escadas rolantes, atravessei a ponte e coloquei meu bilhete no pequeno portão cinza e fui para a rua. Lá havia um ônibus e uma grande máquina com um cartaz que dizia **Linhas Ferroviárias Britânicas, Escocesas e Galesas**, mas era amarelo, e eu olhei em volta e estava escuro e havia muitas luzes brilhantes e já fazia tempo que eu não ficava a céu aberto e isso me fez passar mal. Eu mantive minhas pálpebras fechadas e apenas olhei o desenho das ruas e então eu soube quais eram o **Acesso para a Estação** e a **Oak Lane** que era por onde eu tinha de seguir.

Então comecei a andar, mas Siobhan disse que eu não devia descrever todas as coisas que acontecem, mas apenas as coisas interessantes.

Então fui para a Estrada Chapter 451 c, Londres NW2 5NG e levei 27 minutos e não havia ninguém em casa quando apertei o botão que dizia **Apartamento C** e a única coisa interessante que aconteceu no caminho foram oito homens vestidos como vikings com capacetes e chifres e eles estavam berrando, mas eles não eram vikings verdadeiros porque os vikings viveram aproximadamente há 2.000 anos, e além disso eu tinha de fazer xixi outra vez e fiz num caminhozinho que descia a lateral do prédio até uma oficina chamada **Motores Burdett** que estava fechada, e não gostei de fazer aquilo na rua, mas eu não queria me molhar de novo, e não teve nada mais interessante.

Eu decidi esperar e torci para a Mãe não estar de férias porque isto poderia significar que ela poderia ficar fora por mais de uma semana inteira, mas tentei não pensar sobre isto porque eu não poderia voltar para Swindon.

Eu me sentei no chão atrás das latas de lixo no pequeno jardim em frente ao 451c Estrada Chapter, Londres NW2 5NG e era embaixo de um grande arbusto. Uma senhora veio vindo no jardim e ela estava carregando uma pequena caixa com uma grade de metal no fundo e uma alça no topo igual à que se usa para levar o gato para o veterinário, mas eu não podia ver se havia um gato nela, e ela usava sapatos de saltos altos, e não me viu.

Então começou a chover e eu fiquei molhado e comecei a tremer porque estava com frio.

Então, eram 11h32min e escutei vozes de pessoas vindo pela rua.

Uma voz disse:

— Eu não ligo se você está achando isso engraçado ou não — e era uma voz de mulher.

E outra voz disse:

— Judy, olhe. Eu sinto muito — e era a voz de um homem.

E outra voz, que era a voz da mulher, disse:

— Bem, quem sabe você devesse ter parado para pensar antes de me fazer parecer uma idiota.

E a voz da mulher era a voz da Mãe.

A Mãe entrou no jardim, o senhor Shears estava com ela, e a outra voz era dele.

Eu me levantei e disse:

— Você não estava, então eu fiquei esperando por você.

A Mãe disse:

— Christopher.

O senhor Shears disse:

— O quê?

A Mãe colocou seus braços ao meu redor e disse:

— Christopher, Christopher, Christopher.

Eu a empurrei porque ela estava me agarrando e eu não gosto disto, e eu a empurrei com tanta força que caí.

O senhor Shears disse:

— Que diabo está acontecendo?

A Mãe disse:

— Sinto muito, Christopher. Eu esqueci.

Eu estava deitado no chão e a Mãe ergueu sua mão direita, estendeu seus dedos como num leque para que eu pudesse tocar seus dedos, mas então eu vi que o Toby havia escapado de meu bolso e eu tive de pegá-lo.

O senhor Shears disse:

— Acho que isso quer dizer que o Ed está aqui.

Havia um muro ao redor do jardim, assim o Toby não podia escapar porque estava preso no canto e ele não conseguiria subir as paredes rápido o suficiente, então eu o agarrei e o coloquei de volta no meu bolso e disse:

— Ele está com fome. Você pode arranjar alguma comida para eu dar de comer a ele, e água também?

A Mãe perguntou:

— Onde está seu pai, Christopher?

Eu respondi:

— Eu acho que ele está em Swindon.

O senhor Shears disse:

— Graças a Deus.

A Mãe disse:

— Mas como você chegou até aqui?

Meus pés estavam batendo um no outro por causa do frio e eu não conseguia mantê-los quietos, então disse:

— Eu vim de trem. E foi um bocado assustador. Eu levei o cartão de banco do Pai e foi assim que eu consegui dinheiro e um policial me ajudou. Mas ele queria me levar de volta para o Pai. E ele estava no trem comigo. Mas depois ele não estava mais.

A Mãe disse:

— Christopher, você está encharcado. Roger, não vai ficar parado aí, vai? — E depois ela disse: — Oh, meu Deus. Christopher. Eu não... Eu achava que nunca mais... Por que você está aqui sozinho?

E o senhor Shears disse:

— Vocês vão entrar ou preferem ficar a noite inteira aqui fora?

Eu falei:

— Eu estou vindo morar com você porque o Pai matou o Wellington com um forcado de jardim e eu estou com medo dele.

O senhor Shears disse:

— Deus Todo-Poderoso.

A Mãe disse:

— Roger, por favor. Venha, Christopher, vamos entrar e secar você.

Eu me levantei e entrei na casa e a Mãe disse:

— Siga o Roger — e eu segui o senhor Shears pelas escadas e havia um patamar e uma porta que dizia Apartamento C e fiquei com medo de entrar porque eu não sabia o que tinha dentro.

A Mãe disse:

— Vá entrando, ou vai acabar virando um pingüim — eu não sabia o que ela queria dizer mas eu entrei.

Ela disse:

— Vou preparar um banho para você — e eu dei uma volta pelo apartamento para fazer um mapa na minha cabeça, assim eu me sentiria seguro, e o apartamento era assim:

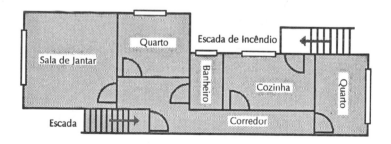

A Mãe me fez tirar as roupas e ir para o banho. Ela disse que eu podia usar sua toalha que era roxa com flores verdes na ponta.

Ela deu ao Toby um pires de água e alguns flocos e farelos e eu o deixei ficar correndo pelo banheiro. Ele fez três pequeninos cocôs embaixo da pia, eu os recolhi, joguei na privada e dei descarga e voltei para a banheira porque ela estava quente e agradável.

A Mãe entrou no banheiro, sentou-se sobre a privada e disse:

— Você está bem, Christopher?

Eu disse:

— Estou muito cansado.

Ela disse:

— Eu sei, meu amor. — E disse também: — Você é muito corajoso.

Eu disse:

— Sou.

Ela disse:

— Você nunca me escreveu.

Eu disse:

— Eu sei.

Ela perguntou:

— Por que você não escreveu para mim, Christopher? Escrevi tantas cartas para você. Fiquei pensando que alguma coisa terrível havia acontecido, ou que você tinha se mudado e que eu nunca descobriria onde você estava.

Eu respondi:

— O Pai disse que você estava morta.

— O quê?

Eu falei:

— Ele disse que você tinha ido para o hospital porque havia alguma coisa errada com seu coração. E que você teve um ataque de coração e morreu e ele guardou todas as cartas numa caixa de camisas no armário do quarto dele e eu as encontrei porque eu estava procurando por um livro que eu estava escrevendo sobre o Wellington que tinha sido assassinado e ele tinha sumido com o livro e escondido na caixa de camisas.

A Mãe exclamou:

— Oh, meu Deus.

Então, ela ficou calada por um longo tempo. Daí, ela fez um barulho de gemido alto como um animal dos programas de televisão sobre a natureza.

Eu não gostei dela fazendo isto porque era um barulho alto e eu disse:

— Por que você está fazendo isso?

Ela não disse nada por algum tempo e então falou:

— Oh, Christopher, eu lamento tanto.

Eu disse:

— Não é sua culpa.

Ela disse:

— Filho-da-puta! Mas que filho-da-puta!

Depois de algum tempo, ela disse:

— Christopher, me deixa segurar sua mão. Só desta vez. E somente eu. Você deixa? Eu não vou segurá-la muito forte — e ela estendeu sua mão.

Eu disse:

— Não gosto de gente segurando minha mão.

Ela recolheu sua mão e disse:

— Não, é verdade. Certo. Tudo bem.

Ela disse:

— Agora, você vai sair do banho e se secar, certo?

Eu saí do banho e me sequei com a toalha roxa. Mas eu não tinha pijamas, então eu botei uma camiseta branca e *shorts* amarelos que eram da Mãe, mas eu não me importei porque eu estava muito cansado. Enquanto isso, a Mãe foi para a cozinha e esquentou um pouco de sopa de tomate porque era vermelha.

Então, escutei alguém abrir a porta do apartamento e ouvi uma voz de homem que eu não conhecia, do lado de fora do apartamento, então tranquei a porta. Estavam discutindo e o tal homem disse:

— Eu preciso falar com ele.

E a Mãe disse:

— Ele já passou por muita coisa.

E o homem falou:

— Eu sei. Mas ainda assim preciso falar com ele.

A Mãe bateu na porta e disse que um policial queria falar comigo e eu tive de abrir a porta. Ela disse que não deixaria ele me levar e ela prometeu isso. Então eu peguei o Toby e abri a porta.

Havia um policial na porta e ele disse:

— Você é Christopher Boone?

Eu disse que sim.

Ele disse:

— Seu pai disse que você fugiu. É verdade?

Eu disse:

— É.

Ele perguntou:

— E esta aqui é a sua mãe? — e ele apontou para a Mãe.

Eu respondi:

— É.

— Por que você fugiu?

Eu respondi:

— Porque o Pai matou o Wellington, que é um cachorro, e eu fiquei com medo dele.

Ele disse:

— Foi isso que me contaram. — E ele disse a seguir: — Você quer voltar para Swindon para o seu Pai ou você quer ficar aqui?

Eu respondi:

— Eu quero ficar aqui.

Ele disse:

— E quanto a você? O que acha dessa história toda?

Eu repeti:

— Eu quero ficar aqui.

O policial disse:

— Espere um pouco. Estou perguntando a sua mãe.

A Mãe disse:

— Ele disse a Christopher que eu estava morta.

O policial disse:

— Está bem. Não vamos entrar numa discussão sobre quem disse o quê aqui. Eu apenas quero saber se...

A Mãe disse:

— É claro que ele pode ficar.

O policial disse:

— Bem, eu acho que isso deixa tudo encaminhado, pelo menos no que me diz respeito.

Eu disse:

— Você vai me levar de volta para Swindon?

Ele disse:

— Não.

Então eu fiquei feliz porque eu podia morar com a Mãe.

O policial disse:

— Se seu marido aparecer por aqui e causar problema, só precisa nos dar um telefonema. Seja como for, o caso precisa ser acertado entre vocês dois.

O policial foi embora, eu tomei minha sopa de tomate e o senhor Shears empilhou algumas caixas, para o canto do quarto de hóspedes, assim abriu espaço para ele colocar um colchão inflável no chão para mim e eu fui dormir.

Então, acordei, porque havia pessoas gritando no apartamento e eram 2h30min da madrugada. E uma das pessoas era o Pai e eu estava com medo. Mas não havia chave na porta do quarto de hóspedes.

O Pai gritava:

— Eu estou falando com ela, não estou ligando para o que você acha. E não é você, entre todas as pessoas deste mundo, que vai me dizer o que fazer.

A Mãe gritava:

— Roger. Não. Apenas...

E o senhor Shears gritou:

— Ninguém vai falar comigo desse jeito dentro da minha casa.

O Pai gritou:

— Vou falar com você do jeito que eu quiser, porra!

A Mãe gritou:

— Você não tem nenhum direito de estar aqui.

O Pai gritou:

— Nenhum direito? Nenhum direito? Ele é meu filho, droga, ou você esqueceu?

A Mãe gritou:

— Pelo amor de Deus, o que você tinha na cabeça quando disse aquelas coisas a ele?

O Pai gritou:

— O que eu tinha na cabeça, porra? Foi você quem o abandonou.

A Mãe gritou:

— E então você decidiu que ia me apagar totalmente da vida dele?

O senhor Shears berrou:

— Agora, vamos todos nos acalmar por aqui, certo?

O Pai gritou:

— Bem, não era isso exatamente o que você queria?

A Mãe gritou:

— Eu escrevi para ele toda semana. Toda semana.

O Pai gritou:

— Escreveu para ele? E pra que serve escrever para ele?

O senhor Shears gritou:

— Vamos parar...!

O Pai gritou:

— Eu preparei as refeições dele. Lavei suas roupas. Tomei conta dele, dia após dia. Tratei dele quando ficou doente. Eu o levei ao médico. Eu ficava me preocupando toda vez que ele saía caminhando de noite. Eu fui à escola todas as vezes em que ele se metia numa briga. E você? Você escreveu para ele umas merdas de cartas.

A Mãe gritou:

— E por causa disso você achou que tinha o direito de dizer a ele que a mãe dele estava morta?

O senhor Shears gritou.

— Não é hora para isso.

O Pai gritou:

— Você, não se intrometa ou eu...

A Mãe gritou:

— Ed, pelo amor de Deus...

O Pai disse:

— Eu vou lá dentro vê-lo. E se você tentar me impedir...

Então o Pai entrou no meu quarto. Mas eu estava segurando meu canivete do exército suíço com a lâmina serrada para fora no caso de ele querer me agarrar. A Mãe entrou no quarto também e disse:

— Está tudo bem, Christopher. Eu não vou deixar ele fazer nada. Está tudo bem.

O Pai ajoelhou-se junto da cama e disse:

— Christopher?

Mas eu não disse nada.

Ele disse:

— Christopher, eu sinto muito. Sinto muito de verdade. Por tudo. Pelo Wellington. Pelas cartas. Por sua fuga. Eu nunca pretendi... Eu prometo que nunca mais vou fazer nada parecido. Ei, qual é, garoto?

Ele levantou sua mão direita e estendeu seus dedos num leque para eu tocar seus dedos, mas eu não fiz porque eu estava com medo.

O Pai disse:

— Droga. Christopher, por favor.

Havia lágrimas molhando seu rosto.

Ninguém disse nada por algum tempo.

A Mãe disse:

— Eu acho que você devia ir agora — mas ela estava falando com o Pai, não comigo.

O policial voltou, porque o senhor Shears tinha ligado para o distrito policial, e ele disse para o Pai se acalmar e levou-o embora do apartamento.

A Mãe disse:

— Agora você vai voltar a dormir. Tudo ficará bem. Eu prometo.

E então voltei a dormir.

229

E quando estava dormindo, tive um dos meus sonhos favoritos. Às vezes eu o sonhava durante o dia, mas então era um sonho acordado. Mas, freqüentemente, eu o sonhava à noite também.

E no sonho, quase todo mundo da Terra está morto, porque eles tinham pegado um vírus. Mas não é um vírus normal. É como um vírus de computador. E as pessoas pegam esse vírus por causa do significado de alguma coisa que a pessoa infectada diz, o que quer dizer que as pessoas podem também pegar a doença observando uma pessoa infectada na televisão, e do significado da expressão em seus rostos quando dizem isso, o que significa que o vírus se espalha ao redor do mundo bem depressa.

Quando as pessoas pegam o vírus, elas só fazem se sentar no sofá e mais nada, não comem nem bebem nada, e por isso morrem. Mas, tem vezes que eu tenho diferentes versões desse sonho, como quando você vê duas versões de um filme, uma mais comum e outra, a original do Diretor, como em *Blade Runner, o Caçador de andróides*. Em algumas versões do sonho, o vírus faz com que as pessoas batam com seus carros ou então elas vão para o mar e se afogam, ou se jogam nos rios, e eu acho que esta versão é melhor porque não há corpos nem pessoas mortas espalhadas por toda parte.

No final das contas, não sobra ninguém no mundo, a não ser as pessoas que não olham para os rostos de outras pessoas e que não sabem o que estes desenhos significam

e estas pessoas são todas pessoas especiais como eu. Elas gostam de viver sozinhas e eu raramente as vejo porque elas são como o ocapi, da selva do Congo, que é um tipo de antílope, arisco e muito raro.

E eu posso então ir a qualquer lugar do mundo e sei que ninguém vai conversar comigo nem vai me tocar nem me perguntar nada. Mas, então, quando eu não quero ir a lugar nenhum, eu não tenho de ir, e posso ficar em casa e comer brócolis, laranjas e alcaçuz o tempo todo, ou posso brincar com jogos no computador por uma semana inteira, ou posso apenas me sentar em um canto do quarto e esfregar uma moeda de uma libra para trás e para frente sobre as partes onduladas da superfície de um aquecedor. E eu não tenho de ir para a França.

E eu saí da casa do Pai e caminhei pela rua e estava tudo calmo, mesmo estando na metade do dia, e eu não escutava nenhum barulho exceto os pássaros cantando, o vento e, às vezes, prédios desabando, e se eu chegasse bem perto dos sinais de trânsito, dava para escutar um pequeno estalido quando as cores mudavam.

E eu posso entrar nas casas das outras pessoas e brincar de detetive e posso quebrar as janelas para entrar porque as pessoas estão mortas e então isso não importa mais. Eu entro nas lojas e pego tudo que eu quero, como biscoitos rosa ou balas de framboesa, jogos de computador, livros e vídeos.

E pego uma escada do furgão do Pai, subo no telhado e, quando alcanço a ponta do telhado, coloco a escada no espaço que separa esse telhado do outro e subo para o telhado seguinte, porque no sonho você pode fazer de tudo.

E então descubro que alguém deixou as chaves no carro, eu entro no carro e dirijo e não faz mal se eu bater em alguma coisa, e dirijo para o mar e estaciono o carro e saio e há chuva caindo. Eu pego um sorvete de creme em uma loja e como. Eu ando pela praia. E a praia está coberta de areia e de grandes rochas e há um farol na ponta, mas a luz não está acesa porque o faroleiro está morto.

Eu fico perto de onde batem as ondas, e uma onda vem e cobre meus sapatos. Eu não vou nadar porque pode ter tubarões. Eu fico ali e olho para o horizonte e pego minha régua comprida de metal e eu a seguro contra a linha entre o mar e o céu e eu demonstro que a linha é uma curva e a Terra é redonda. E o jeito como as ondas vêm e cobrem meus sapatos e depois recuam novamente é um ritmo, como música ou tambores.

Eu pego algumas roupas secas da casa de uma família de mortos. Eu vou para a casa do Pai, só que não é mais a casa do Pai, é minha casa. Eu faço para mim Gobi Aloo Sag com corante vermelho e *milkshake* de morango para beber, eu assisto a um vídeo sobre o Sistema Solar, brinco com jogos de computador e vou para a cama.

O sonho termina e eu estou feliz.

233

Na manhã seguinte, comi tomates fritos no café da manhã e uma tigela de ervilhas que a Mãe esquentou numa panela.

Durante o café da manhã, o senhor Shears disse:

— Está bem. Ele pode ficar por alguns dias.

A Mãe disse:

— Ele pode ficar tanto tempo quanto ele precisar ficar.

O senhor Shears disse:

— Mal cabem duas pessoas neste apartamento, quanto mais três.

A Mãe disse:

— Ele pode entender o que você está dizendo, sabia?

O senhor Shears disse:

— O que ele vai fazer? Não há escola para ele ir. Nós dois temos nossos empregos. Isso é ridículo, porra!

A Mãe disse:

— Roger. Chega.

Então ela fez um pouco de chá de ervas Red Zinger com açúcar, mas eu não gostei e ela disse:

— Você pode ficar pelo tempo que quiser.

Depois que o senhor Shears foi para o trabalho, ela deu um telefonema para o escritório e tirou o que é chamado de *Licença Por Problemas Familiares*, que é quando alguém em sua família morre ou adoece.

Então, ela disse que nós tínhamos de ir comprar algumas roupas para mim, pijamas, escova de dentes e toalhas. Saímos do apartamento e andamos para a rua principal, que era a Hill Lane, que era a A4088, e estava um bocado movimentada, e pegamos o ônibus nº 266 para o *shopping center* Brent Cross. Havia muitas pessoas em John Lewis, eu fiquei com medo e me deitei no chão perto dos relógios de pulso, e comecei a gritar e a Mãe teve de me levar para casa de táxi.

Então ela teve de voltar para o *shopping center* para comprar algumas roupas para mim, pijamas, uma escova de dentes e toalhas, então eu fiquei no quarto de hóspedes, enquanto ela estava fora, porque eu não queria ficar no mesmo quarto que o senhor Shears porque eu estava com medo dele.

Quando a Mãe voltou para casa, me trouxe um copo de *milkshake* de morango e me mostrou meus novos pijamas com desenhos de estrelas azuis de cinco pontas com um fundo roxo, assim:

Eu disse:

— Eu tenho de voltar para Swindon.

A Mãe disse:

— Christopher, você acabou de chegar.

Eu disse:

— Eu tenho de voltar porque eu tenho de fazer meu exame da matemática avançada.

A Mãe disse:

— Você está se preparando para o exame de matemática avançada?

Eu disse:

— Estou. E a prova vai ser na quarta, quinta e sexta da próxima semana.

A Mãe disse:

— Meu Deus!

Eu disse:

— O reverendo Peters vai ser meu inspetor.

A Mãe disse:

— Quer dizer, isso é muito bom.

Eu disse:

— Eu vou conseguir tirar o grau A. É por isto que eu tenho de voltar para Swindon. Mas eu não quero ver o Pai. Então eu tenho de ir para Swindon com você.

Então, a Mãe colocou as mãos em seu rosto, respirou profundamente e disse:

— Eu não sei se isto será possível.

Eu disse:

— Mas eu tenho de ir.

A Mãe disse:

— Vamos conversar sobre isto em outra hora, está bem?

Eu disse:

— Está bem. Mas eu tenho de ir para Swindon.

Ela disse:

— Christopher, por favor.

Eu tomei um pouco do *milkshake*.

Mais tarde, às 22h31min, eu fui para a sacada para ver se eu podia enxergar as estrelas, mas não havia nenhuma por causa das nuvens e do que é chamado de *poluição luminosa*, que é a luz das ruas, dos faróis de carro, dos holofotes, dos prédios que se refletem nas mínimas partículas na atmosfera e bloqueiam a luz das estrelas. Então eu voltei para dentro.

Mas eu não consegui dormir. Saí da cama às 2h07min e como eu tinha medo do senhor Shears, desci as escadas e saí de casa, caminhando pela Estrada Chapter. Não havia ninguém na rua e estava mais calmo do que durante o dia, e isto me fez ficar mais tranqüilo. Eu andei pela Estrada Chapter e olhei para os carros, os desenhos dos fios de telefone contra as nuvens laranjas e as coisas que as pessoas tinham em seus jardins, como um duende, um cozinheiro, um pequeno lago artificial e um urso de brinquedo. Então ouvi duas pessoas vindo pela rua, aí me agachei entre a traseira de uma vagoneta aberta e um furgão Ford Transit e eles estavam conversando numa língua que não era o inglês, mas eles não me viram. Havia duas pequenas peças dentadas de engrenagem de metal na água suja, na calha sob meus pés, como dentes de engrenagem de um relógio de dar corda.

Gostei de ficar ente a vagoneta e o furgão Ford Transit, então fiquei por lá por um longo tempo. Eu olhei para a rua. E as únicas cores que dava para ver eram o laranja e o preto e misturas de laranja e preto. E não dava para dizer de que cores seriam os carros durante o dia.

Eu me perguntei se eu conseguiria enxadrezar cruzes mentalmente e me esforcei até ter esta imagem em minha cabeça:

Então ouvi a voz da Mãe e ela estava gritando:

— Christopher...? Christopher...?

E ela estava correndo pela rua. Eu saí do esconderijo entre a vagoneta e o furgão Ford Transit e ela correu para mim e disse:

— Deus do céu!

E ela parou na minha frente, apontou seu dedo para o meu rosto e disse:

— Se você fizer isto de novo, eu juro por Deus, Christopher, eu amo você, mas... eu não sei o que farei.

Então, ela me fez prometer que eu nunca ia sair do apartamento sozinho porque era perigoso e porque não se podia confiar nas pessoas em Londres porque eram todos estranhos. No dia seguinte, ela teve de ir às compras de novo e me fez prometer não atender à porta se alguém tocasse a campainha. Quando ela voltou, havia trazido pelotinhas de comida de rato para o Toby, três vídeos do *Jornada nas estrelas* e eu os assisti na sala de estar até o senhor Shears voltar, e então fui para o quarto de hóspedes novamente. Eu queria que a Estrada Chapter 451 c, Londres NW2 5NG tivesse um jardim, mas não tinha.

Um dia depois, ligaram do escritório onde a Mãe trabalhava e disseram que ela não podia voltar a trabalhar lá porque tinham conseguido alguém para fazer o trabalho dela. Ela ficou um bocado zangada e disse que isso era ilegal e que ia apresentar queixa, mas o senhor Shears disse:

— Não seja idiota, porra. Era só um trabalho temporário, meu Deus do céu.

Quando a Mãe entrou no quarto de hóspedes antes de eu dormir, eu disse:

— Eu tenho de ir para Swindon para fazer meu exame de matemática avançada.

Ela disse:

— Christopher, agora não. Eu tenho recebido teleronemas de seu pai, ameaçando me levar para a Justiça. O Roger está em cima de mim. Juro, o momento é péssimo.

Eu disse:

— Mas eu tenho de ir porque já foi tudo organizado e o reverendo Peters vai ser o inspetor.

Ela disse:

— Olhe. É somente uma prova. Eu posso ligar para a escola. Nós podemos conseguir que seja adiada. Você pode fazer seu exame em outro momento.

Eu disse:

— Eu não posso fazer o exame em outro momento. Foi tudo organizado. Eu estudei um bocado e revi toda a matéria. A senhora Gascoyne deixou a gente usar uma sala da escola.

A Mãe disse:

— Christopher, está um bocado difícil lidar com esse problema todo. Estou prestes a perder você, é um aperto e tanto! Então, por favor, me dê um pouco de...

Então, ela parou de falar e cobriu a boca com a mão, ficou de pé e saiu do quarto. Eu comecei a sentir uma dor em meu peito como senti no metrô porque eu estava vendo que não ia conseguir voltar para Swindon e fazer meu exame de matemática avançada.

Na manhã seguinte, olhei pela janela da sala de jantar para contar os carros da rua e ver se eu teria um **Dia Muito Bom**, um **Dia Bom**, um **Dia Superbom** ou um **Dia Ruim**, mas não era como o ônibus da escola porque a gente podia ficar olhando pela janela tanto quanto quisesse e ver tantos carros quanto se quisesse e eu olhei para a janela por três horas e vi cinco carros vermelhos, um depois do outro, e quatro carros amarelos, um depois do outro, o que significava que seria ao mesmo tempo um **Dia Bom** e um

Dia Ruim, e assim o sistema não estava mais funcionando. Mas se eu me concentrasse contando os carros, isto me impediria de pensar sobre o meu exame de matemática avançada e a dor no meu peito.

Naquela tarde, a Mãe levou-me para Hampstead Heath em um táxi e ficamos sentados no topo de uma colina e ficamos vendo os aviões chegando no aeroporto de Heathrow à distância. Eu tomei um picolé vermelho de morango que a gente comprou numa van. A Mãe disse que ela tinha ligado para a senhora Gascoyne e elas tinham combinado que eu faria o exame avançado de Matemática no ano seguinte, então eu joguei fora meu picolé vermelho e fiquei gritando por um bom tempo. A dor no meu peito aumentou tanto que era difícil de respirar e um homem veio e perguntou se estava tudo bem e a Mãe disse:

— Está parecendo tudo bem? — e ele foi embora.

Então, eu me cansei de tanto gritar e a Mãe me levou de volta para o apartamento num outro táxi. Na manhã seguinte era sábado e ela disse ao senhor Shears para sair e trazer alguns livros sobre ciência e matemática da biblioteca e ele trouxe *100 Quebra-cabeças* e *As origens do universo* e *Poder nuclear*, mas eram para crianças e não eram muito bons, então eu não os li e o senhor Shears disse:

— OK, é bom saber que minha contribuição é apreciada.

Eu não tinha comido mais nada desde que joguei fora o picolé vermelho em Hampstead Heath, então a Mãe me fez um mapa com estrelas nele como quando eu era pequeno e ela enchia uma jarra inteira de energético com aromatizante de morango e eu ganhava uma estrela de bronze se bebesse 200ml, uma estrela de prata se bebesse 400ml e uma estrela de ouro se bebesse 600ml.

Quando a Mãe e o senhor Shears brigavam, eu pegava o rádio pequeno, lá na cozinha, e ia ficar sentado no quarto de hóspedes, sintonizava entre duas estações para só poder escutar o barulho vazio, daí, aumentava bastante o volume, e apertava o rádio no meu ouvido, e o chiado enchia meu ouvido e me doía tanto que eu não sentia mais nenhuma outra dor, como a dor no meu peito, e eu não podia mais escutar a Mãe e o senhor Shears discutindo, não podia pensar que não ia mais fazer meu exame de matemática avançada, nem sobre não haver um jardim na Estrada Chapter 451c Londres NW2 5NG nem de eu não poder enxergar as estrelas de onde estava.

E então era segunda-feira. Era muito tarde, de noite, e o senhor Shears veio ao meu quarto e me acordou e ele tinha bebido porque ele cheirava que nem o Pai quando bebia cerveja com Rhodri. Ele disse:

— Você se acha um bocado inteligente, não é, seu merda? E você nunca, nunca mesmo, pensa nas outras pessoas, nem por uma bosta de um segundo, não é? Bem, aposto que você está bastante satisfeito com o que conseguiu fazer, agora, não está?

A Mãe veio e puxou-o para fora e disse:

— Christopher, eu lamento. Eu realmente lamento muito.

Na manhã seguinte, depois que o senhor Shears saiu para o trabalho, a Mãe arrumou suas roupas em duas malas e disse-me para descer, trazer o Toby e ir para o carro. Ela colocou as malas no bagageiro do carro e nós partimos. Mas era o carro do senhor Shears e eu perguntei:

— Você está roubando o carro?

Ela respondeu:

— Estou somente pegando emprestado.

Eu perguntei:

— Aonde estamos indo?

Ela disse:

— Estamos indo para casa.

Eu perguntei:

— Isto quer dizer nossa casa em Swindon?

Ela respondeu:

— Essa mesmo.

Eu disse:

— O Pai vai estar lá?

— Por favor, Christopher. Não me arrume nenhuma confusão agora, certo?

Eu falei:

— Eu não quero ficar com o Pai.

— Só que... É que... Olhe, vai ficar tudo bem, Christopher. Vai dar tudo certo.

Eu disse:

— Já que estamos voltando para Swindon, posso fazer meu exame de matemática avançada?

— O quê?

Eu disse:

— Era para eu fazer meu exame de matemática avançada amanhã.

A Mãe falou muito lentamente, e ela disse:

— Nós estamos voltando para Swindon porque se nós ficarmos em Londres mais tempo... alguém vai acabar se machucando. E não estou dizendo que necessariamente seja você.

Eu perguntei:

— O que quer dizer?

Ela respondeu:

— Agora, preciso que você fique quieto por um tempo, está bem?

Eu disse:

— Quanto tempo você quer que eu fique quieto?

Ela disse:

— Meu Deus do céu. — E depois disse: — Por meia hora, Christopher. Eu preciso que você fique quieto por meia hora.

Nós fomos indo de carro até Swindon e levou três horas e 12 minutos, e tivemos de parar para pôr gasolina e a Mãe comprou uma barra de chocolate ao leite, mas eu não comi. Nós pegamos um longo congestionamento porque as pessoas reduziam a velocidade de seus carros para ver um acidente que aconteceu numa outra pista. Eu tentei imaginar uma fórmula para determinar se o congestionamento poderia ser causado pelas pessoas que dirigiam devagar ou se era influenciado por a) a quantidade de tráfego, b) a velocidade do tráfego e c) pelo fato de os motoristas rapidamente frearem quando viam as luzes do freio do carro em frente se acendendo. Mas eu estava muito cansado por não ter dormido na noite anterior porque fiquei só pensando que não ia mais poder fazer meu exame de matemática avançada. Então, eu caí no sono.

Quando chegamos em Swindon, a Mãe tinha as chaves da casa, nós entramos e ela chamou:

— Olá!

Mas, não tinha ninguém lá, porque eram 13h23min da tarde. Eu estava amedrontado, mas a mãe disse que eu ficaria seguro, então eu subi para o meu quarto e fechei a porta. Eu tirei o Toby de meu bolso e deixei-o correr pelo chão e joguei **Campo minado** e completei a versão mais avançada em 174 segundos, que eram 75 segundos a mais do que o meu melhor tempo.

Eram 18h35min quando escutei o Pai voltar para casa em seu furgão e coloquei a cama contra a porta para ele não poder entrar e ele entrou em casa e ele e a Mãe gritaram um pouco um com o outro.

O Pai gritou:

— Que merda, o que você está fazendo aqui?

A Mãe gritou:

— Esta é minha casa, também, no caso de você ter esquecido.

O Pai gritou:

— A porra do seu homem fantástico está aqui, também?

Eu peguei os bongôs que o tio Terry tinha trazido para mim e me ajoelhei no canto do quarto, pressionei minha cabeça na junção entre as duas paredes e fiquei batendo nos tambores, gemi e continuei com isso por uma hora e então a Mãe entrou no quarto e disse que o Pai tinha saído. Ela disse que o Pai tinha ido ficar com Rhodri, por enquanto, e que nós teríamos um lugar nosso para morar dentro de poucas semanas.

Eu fui para o jardim e achei a gaiola do Toby atrás do barracão, eu a trouxe para dentro, limpei-a e coloquei o Toby nela.

Eu perguntei para a Mãe se eu podia fazer meu exame de matemática avançada, então.

Ela disse:

— Eu sinto muito, Christopher.

Eu perguntei de novo:

— Posso fazer o meu exame de matemática avançada?

Ela disse:

— Você não está me ouvindo, não é, Christopher?

Eu disse:

— Eu estou ouvindo você.

A Mãe disse:

— Eu disse a você. Eu telefonei para a diretora da sua escola. Eu disse a ela que você estava em Londres. Eu disse a ela que você fará o exame no próximo ano.

Eu disse:

— Mas, eu estou aqui agora e posso fazer o exame.

A Mãe disse:

— Eu sinto muito, Christopher. Eu estava tentando fazer as coisas direito. Eu estou tentando não embaralhar tudo.

Meu peito começou a doer novamente, eu dobrei meus braços e fiquei balançando para trás e para frente e gemendo.

A Mãe disse:

— Eu não sabia que a gente ia ter de voltar.

Mas eu continuei gemendo e me balançando para frente e para trás.

A Mãe disse:

— Vamos, pare. Isso não vai resolver nada.

Então ela me perguntou se eu não queria ver um dos vídeos do **Planeta Azul** sobre viver no gelo do Ártico ou sobre a migração das baleias jubarte, mas eu não disse nada porque eu sabia que não ia poder fazer meu exame de matemática avançada e era como pressionar sua unha do polegar contra um radiador quando ele está quente de verdade e a dor começa e faz você querer chorar e a dor continua mesmo depois que você tira seu polegar do radiador.

Então a Mãe me fez algumas cenouras e brócolis com ketchup, mas eu não comi.

E eu não dormi naquela noite também.

No dia seguinte, a Mãe me levou para a escola no carro do senhor Shears porque nós perdemos o ônibus. E quando estávamos entrando no carro, a senhora Shears apareceu na rua e gritou para a Mãe:

— Você é um bocado atrevida!

A Mãe disse:

— Entre no carro, Christopher.

Mas eu não consegui entrar no carro porque a porta estava trancada.

A senhora Shears disse.

— Então, ele finalmente abandonou você também, não foi?

Quando chegamos na escola, Siobhan disse:

— Então você é a mãe de Christopher.

Siobhan disse que estava satisfeita de me ver de novo e perguntou se eu estava bem e eu disse que estava cansado. A Mãe explicou que eu estava aborrecido porque eu não podia fazer o exame de matemática avançada, então eu não tinha comido e dormido devidamente.

Então a Mãe saiu e eu desenhei uma figura que era um ônibus, usando perspectiva, para não pensar na dor do meu peito e o desenho ficou assim:

Depois do almoço, Siobhan disse que ela tinha falado com a senhora Gascoyne e ela ainda tinha meus papéis do exame de matemática avançada em três envelopes lacrados em sua mesa.

Eu perguntei se eu ainda podia fazer o exame de matemática avançada.

Siobhan disse:

— Acho que sim. Nós vamos ligar para o reverendo Peters esta tarde para nos certificarmos de que ele ainda pode vir para cá e ficar como seu inspetor. A senhora Gascoyne vai escrever uma carta para a junta de examinadores para dizer que você fará o exame. E tenho muita esperança de que eles dêem a permissão. Mas nós ainda não temos certeza. — Ela ficou calada por alguns segundos. — Achei que devia lhe dar a notícia logo. Portanto, que tal pensar no assunto?

Eu perguntei:

— Pensar sobre o quê?

Ela disse:

— É o que você quer fazer, Christopher?

Eu pensei sobre a pergunta e eu não tinha certeza de qual seria a resposta porque eu queria fazer o exame de matemática avançada, mas estava cansado e quando tentei pensar sobre Matemática meu cérebro não trabalhou devidamente e quando eu tentei me lembrar de certos dados, como a fórmula de logaritmo para o número aproximado dos números primos não maiores do que (X), eu não pude me lembrar deles e isto me assustou.

Siobhan disse:

— Você não tem de fazer esse exame, Christopher. Se disser que não quer fazê-lo, ninguém ficará triste com você. E não iria ser errado, ilegal nem estúpido. Será apenas o que você quer e ficará tudo bem.

Eu disse:

— Eu quero fazer o exame porque eu não gosto quando coloco coisas na minha tabela de horários e tenho de tirá-las de lá depois, porque, quando eu faço isto, passo mal.

Siobhan disse:

— Está bem.

Ela ligou para o reverendo Peters e ele chegou na escola às 15h27min e disse:

— Então, meu jovenzinho, você está pronto para o jogo?

Eu fiz o **Exame Escrito 1** do exame de matemática avançada sentado na sala de artes. O reverendo Peter foi o inspetor e ele sentou-se na mesa enquanto eu fazia o exame e ele leu o livro **The Cost of Discipleship**, de Dietrich Bonhoeffer, e comeu um sanduíche. Na metade do exame, ele fumou um cigarro na janela, mas ficou me observando para eu não colar.

Quando abri o exame escrito e li todo, eu não consegui raciocinar sobre como ia responder algumas das questões e além disso eu não estava conseguindo respirar direito. E eu tive vontade de machucar ou apunhalar alguém com meu canivete do exército suíço, mas não havia ninguém para machucar por perto nem para apunhalar com meu canivete do exército suíço, a não ser o reverendo Peters, e ele era muito alto e se eu batesse nele ou o apunhalasse com meu canivete do exército suíço ele não ficaria como meu inspetor para o resto dos exames. Então tomei fôlego várias vezes como Siobhan disse que eu deveria fazer quando eu quisesse ferir alguém na escola e contei cinqüenta inspirações, e elevei ao cubo os números cardinais enquanto eu contava, assim:

1, 8, 27, 64, 125, 216, 343, 512, 729, 1.000, 1.331, 1.728, 2.197, 2.744, 3.375, 4.096, 4.913... etc.

Isto me fez ficar um pouco mais calmo. Mas o exame durava duas horas e já tinham se passado 20 minutos, então eu tive de trabalhar bastante rápido e não tive tempo para checar direito minhas respostas.

Naquela noite, depois que cheguei em casa, o Pai chegou e eu gritei, mas a Mãe disse que ela não ia deixar nada de ruim acontecer comigo, e eu fui para o jardim deitar e ver as estrelas no céu e me fazer insignificante. Quando o Pai saiu de casa, ele ficou olhando para mim por um longo tempo e então ele deu um murro na cerca e fez um buraco nela e foi embora.

Dormi um pouco naquela noite porque eu estava fazendo meu exame de matemática avançada. E tomei um pouco de sopa de espinafre no jantar.

No dia seguinte, fiz o **Exame Escrito 2** e o reverendo Peters leu *The Cost of Discipleship*, de Dietrich Bonhoeffer, mas, desta vez, ele não fumou um cigarro e Siobhan me fez ir ao banheiro antes do exame e ficar um pouco sozinho, sentado, e respirar e contar.

Eu estava jogando *A décima primeira hora* em meu computador naquela tarde quando um táxi parou em frente da minha casa. O senhor Shears estava no táxi, ele desceu e atirou uma grande caixa de papelão de coisas da Mãe no gramado. Havia um secador de cabelos, *shorts* femininos, xampu, uma caixa de cereais, dois livros, *DIANA, sua verdadeira história*, de Andrew Morton, e *Rivais*, de Jilly Cooper, e uma fotografia minha numa moldura prateada. O vidro do porta-retrato quebrou quando caiu na grama

Então ele pegou umas chaves do bolso, entrou no carro dele e deu partida, e a Mãe saiu de casa e correu pela rua gritando:

— Nem pense em voltar a aparecer por aqui, seu merda!

Ela atirou a caixa de cereais que bateu na mala do carro, com ele já se afastando, dirigindo, e a senhora Shears estava olhando pela janela quando a Mãe fez isto.

No dia seguinte, eu fiz o **Exame Escrito 3** e o reverendo Peters leu o *Daily Mail* e fumou três cigarros.

E esta foi minha questão favorita.

Prove o seguinte resultado:

"Um triângulo com lados que podem ser descritos como $n^2 + 1$, $n^2 - 1$ e $2n$ (onde $n > 1$) é um triângulo retângulo."

Mostre, por meio de um contra-exemplo, que o inverso é falso.

Eu já ia escrever a resposta que eu dei, aqui, quando Siobhan disse que não era interessante, mas eu disse que era. Ela disse que as pessoas não iam querer ler as respostas para uma questão de matemática em um livro, e ela disse que eu podia colocar a resposta em um Apêndice que era um capítulo extra no fim do livro que as pessoas podiam ler se quisessem. E foi o que eu fiz.

Então meu peito não doeu mais e estava mais fácil para respirar. Mas eu ainda estava aflito porque não sabia se eu tinha ido bem no exame e porque eu não sabia se a junta de examinadores permitiria que meu exame escrito fosse considerado válido depois que a senhora Gascoyne disse a eles que eu não iria mais fazê-lo.

É melhor quando a gente sabe que uma coisa boa vai acontecer, como um eclipse ou ganhar um microscópio de Natal. É ruim quando a gente sabe que uma coisa ruim vai acontecer, como fazer uma obturação ou ir para a França. Mas eu acho que é pior quando a gente não sabe se a coisa que vai acontecer é boa ou ruim.

O Pai veio em casa naquela noite e eu estava sentado no sofá vendo **Desafio universitário** e respondendo questões de ciência. Ele ficou de pé na porta da sala de estar e disse:

— Não grite, está bem, Christopher? Eu não vou machucar você.

A Mãe estava sentada atrás dele, então eu não gritei.

Ele deu uma olhada em mim, agachou-se como se faz com cachorros para mostrar que ele não é agressivo e disse:

— Eu queria saber como você foi nos exames.

Mas eu não disse nada.

A Mãe disse:

— Diga a ele, Christopher.

Mas eu mesmo assim não disse nada.

A Mãe disse:

— Por favor, Christopher.

Então eu disse:

— Eu não sei se eu acertei as questões porque eu estava muito cansado e eu não tinha comido nada, então eu não consegui pensar direito.

O Pai assentiu de cabeça e não disse nada por algum tempo. Então falou:

— Obrigado.

Eu perguntei:

— Pelo quê?

Ele respondeu:

— Apenas... obrigado.

Então ele disse:

— Eu tenho muito orgulho de você, Christopher. Muito orgulho. Eu tenho certeza que você se saiu muito bem.

Ele saiu e eu fiquei vendo o resto de *Desafio universitário*.

Na semana seguinte, o Pai disse para a Mãe que ela tinha de se mudar de casa, mas ela não podia porque não tinha dinheiro para pagar o aluguel de um apartamento. Eu perguntei se o Pai poderia ser preso pela polícia e ser condenado por ter matado o Wellington porque aí nós podíamos morar na casa se ele fosse para a prisão. Mas a Mãe disse que a polícia somente podia prender o Pai se a senhora Shears fizesse o que é chamado de *registrar queixa*, que é dizer para a polícia que você quer prender alguém por um crime, porque a polícia nunca quer prender as pessoas por crimes pequenos a não ser que você peça a eles para fazer isso e a Mãe disse que matar um cachorro foi somente um crime pequeno.

Mas então todas as coisas ficaram bem, porque a Mãe conseguiu um trabalho na contabilidade de um centro de jardinagem e o médico deu a ela pílulas para tomar toda manhã para ela não ficar triste, só que às vezes deixavam ela tonta e ela caía se se levantasse rápido demais. Nós nos mudamos para um quarto numa casa grande que era feita de tijolos vermelhos. A cama era dentro da cozinha e eu não gostei disto porque lá era pequeno e o corredor era pintado de marrom e havia uma privada e um banheiro que outras pessoas usavam e a Mãe tinha de limpá-lo antes que eu usasse ou eu não o usaria e às vezes eu me molhava de xixi porque outras pessoas estavam no banheiro. E também o corredor fora do quarto cheirava a molho de comida e ao desinfetante que eles usavam para limpar as privadas da escola. O quarto cheirava a meias usadas e a desinfetante de pinho.

Eu não estava gostando de esperar para saber o resultado do meu exame de matemática. E quando eu pensava sobre o futuro eu não podia ver nada claramente na minha cabeça e isto me deu um início de pânico. Então Siobhan disse que eu não devia pensar sobre o futuro. Ela falou:

— Pense apenas sobre o agora. Pense sobre coisas que aconteceram. Especialmente sobre as coisas boas que aconteceram.

E uma das boas coisas foi que a Mãe trouxe um quebra-cabeça de madeira que parecia com isto:

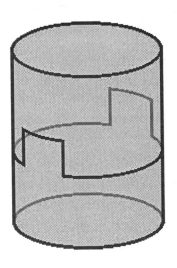

Você tinha de separar a parte de cima do quebra-cabeça da parte inferior e isto era um bocado difícil.

Uma outra coisa boa foi que eu ajudei a Mãe a pintar seu quarto de **Branco com um tom de trigo**, só que eu pintei o meu cabelo também e ela quis lavá-lo com shampoo quando eu estava no banho, mas eu não deixei, e ficou na minha cabeça por cinco dias e então eu cortei com uma tesoura.

Mas havia mais coisas ruins do que coisas boas.

Uma delas era que a Mãe não conseguia voltar do trabalho antes de 17h30min, então eu tinha de ir para a casa do Pai entre 15h49min e 17h30min porque não me deixavam ficar sozinho e a Mãe disse que eu não tinha escolha, então eu empurrava a cama contra a porta para o caso do Pai tentar entrar. Às vezes, ele tentava conversar comigo pela porta, mas eu não respondia. Às vezes, eu percebia que ele se sentava no chão atrás da porta por um longo tempo.

Outra coisa ruim foi que o Toby morreu porque ele tinha 2 anos e 7 meses, que é muita idade para um rato. Eu disse que queria enterrá-lo, mas a Mãe não tinha um jardim, então eu o enterrei em um grande pote de plástico com terra, igual a um vaso em que você coloca plantas. Eu disse que eu queria outro rato mas a Mãe disse que eu não podia ganhar um porque o quarto era pequeno demais.

Eu resolvi o quebra-cabeça porque eu me dei conta de que havia dois pinos dentro do quebra-cabeça e eles estavam em túneis com bastões em metal vermelho como este:

Você tinha de segurar o quebra-cabeça antes que os dois bastões escorregassem para a extremidade de seus túneis para eles não atravessarem a interseção entre as duas peças do quebra-cabeça e então você podia separá-las.

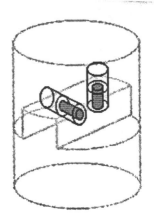

A Mãe me pegou na casa do Pai um dia depois que ela terminou o trabalho e o Pai disse:

— Christopher, posso ter uma conversa com você?

Eu disse:

— Não.

A Mãe disse:

— Tudo bem. Eu estarei aqui.

Eu disse:

— Eu não quero conversar com o Pai.

O Pai disse:

— Vou combinar uma coisa com você.

Ele estava segurando um *timer* de cozinha que era um tomate grande de plástico, partido no meio, ele rodou-o e ele começou a tiquetaquear.

Ele disse:

— Cinco minutos, está bem? É tudo. Então você pode ir.

Então eu me sentei no sofá, ele sentou-se na poltrona, a Mãe estava no corredor e o Pai disse:

— Christopher, olhe... As coisas não podem continuar assim. Eu não sei quanto a você, mas essa situação está me angustiando um bocado. Você está em casa, mas se recusa a conversar comigo... Você tem de aprender a confiar em mim... Eu não me importo quanto tempo levará... Se é um minuto num dia, dois minutos no próximo, três minutos no outro e pode até levar anos, mas tudo bem para mim. Porque é importante. É mais importante do que qualquer outra coisa.

Então ele arrancou uma lasquinha de pele do lado do polegar de sua mão esquerda.

Ele disse:

— Vamos chamar isto... vamos chamar isto de um projeto. Um projeto que nós temos de fazer juntos. Você passa mais tempo comigo. E eu....eu mostro a você que pode confiar em mim. Será difícil no início porque... porque é um projeto difícil. Mas vai ficar mais fácil aos poucos. Juro que vai.

Ele coçou a testa com as pontas dos dedos e disse:

— Você não tem de dizer nada, não agora. Você deve apenas pensar sobre isto. E, hum... eu vou lhe dar um presente. Para mostrar a você que eu realmente pretendo fazer o que digo. E que eu sinto muito pelo que aconteceu. E porque... bem, você verá o que eu quero dizer.

Ele levantou-se da poltrona, andou até a porta da cozinha, abriu-a e havia uma grande caixa de papelão no chão e havia um cobertor nela, ele curvou-se e colocou suas mãos dentro da caixa e tirou um pequeno cachorro cor de areia.

Então ele voltou e me deu o cachorro.

Ele disse:

— Ele tem 2 meses de idade. É um *Golden Retriever*.

O cachorro veio para o meu colo e eu o afaguei.

Ninguém disse nada por algum tempo.

Então, o Pai falou:

— Christopher. Eu nunca faria coisa alguma para magoar você.

Ninguém disse nada.

A Mãe entrou na sala e disse:

— É uma pena, mas você não vai poder levá-lo para casa. O nosso quarto lá é pequeno demais. Mas seu pai tomará conta dele aqui. Você pode vir e passear com ele sempre que quiser.

Eu perguntei:

— Ele tem nome?

O Pai disse:

— Não. Você é que deve decidir como vai chamá-lo.

O cachorro começou a mastigar o meu dedo.

Já tinham se passado cinco minutos e o tomate-alarme tocou. A Mãe e eu fomos para casa.

Na semana seguinte, houve um temporal de relâmpagos e um relâmpago caiu numa árvore grande no parque perto da casa do Pai e a derrubou e vieram uns homens e cortaram os galhos e carregaram o tronco num caminhão e tudo que foi deixado foi um grande cepo pontudo de madeira carbonizada.

Eu peguei os resultados do meu exame de matemática avançada e eu tinha tirado grau A, que é o melhor resultado que se pode obter e isto me fez sentir assim:

Batizei o cachorro de Sandy. O Pai trouxe para ele uma coleira e uma correia e eu recebi licença para passear com ele até a loja e voltar. Eu brincava com ele com um osso de borracha.

A Mãe pegou uma gripe e eu tive de passar três dias com o Pai e ficar em sua casa. Mas ficou tudo bem porque Sandy dormiu na minha cama, assim ele latiria se alguém entrasse no quarto durante a noite. O Pai fez uma horta no jardim e eu o ajudei. Nós plantamos cenouras, ervilhas, espinafre e eu vou colhê-los e comê-los quando estiverem prontos.

Eu fui a uma livraria com a Mãe e comprei um livro chamado **Para além da matemática avançada** e o Pai disse para a senhora Gascoyne que eu ia fazer o exame de **matemática mais avançada** no ano que vem e ela disse:

— Tudo bem!

Eu vou passar e conseguir o grau A. E, daqui a dois anos, vou fazer o exame de física avançada e tirar grau A também.

E então, depois disso, vou para a universidade em outra cidade. Não será em Londres porque eu não gosto de Londres e há universidades em muitos lugares e não só em grandes cidades. Daí, vou poder morar num apartamento com um jardim, e com um banheiro direito. Eu posso levar Sandy, meus livros e meu computador.

Eu vou conseguir o Título de Honra Primeira Classe e vou virar um cientista.

Eu sei que posso fazer isto porque eu fui para Londres sozinho, porque resolvi o mistério de Quem matou o Wellington?, encontrei minha mãe, sou corajoso e escrevi um livro, o que quer dizer que eu posso fazer qualquer coisa.

Apêndice

Questão

Prove o seguinte resultado:

"Um triângulo com lados que podem ser descritos como $n^2 + 1$, $n^2 - 1$ e $2n$ (onde $n > 1$) é um triângulo retângulo."

Mostre, por meio de um contra-exemplo, que o inverso é falso.

Resposta

Primeiro nós devemos determinar qual é o maior lado de um triângulo com lados que podem ser descritos na fórmula $n^2 + 1$, $n^2 - 1$ e $2n$ (onde $n > 1$)

$$n^2 + 1 - 2n = (n - 1)^2$$

e se $n > 1$ então $(n - 1)^2 > 0$

logo $n^2 + 1 - 2n > 0$

logo $n^2 + 1 > 2n$

da mesma forma $(n^2 + 1) - (n^2 - 1) = 2$

logo $n^2 + 1 > n^2 - 1$

Isto significa que $n^2 + 1$ é o maior lado de um triângulo com lados que podem ser descritos como $n^2 + 1$, $n^2 - 1$ e $2n$ (onde $n > 1$).

Isto pode ser demonstrado por meio do seguinte gráfico (mas isto não prova nada):

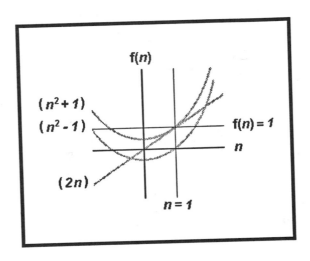

De acordo com o teorema de Pitágoras, se a soma dos quadrados dos catetos é igual ao quadrado da hipotenusa, então o triângulo é um triângulo retângulo. Portanto, para provar que o triângulo é um triângulo retângulo, nós precisamos mostrar que isto ocorre.

A soma dos quadrados dos catetos é $(n^2 - 1)^2 + (2n)^2 (n^2 - 1)^2 + (2n)^2 = n^4 - 2n^2 + 1 + 4n^2 = \underline{n^4 + 2n^2 + 1}$

O quadrado da hipotenusa é $(n^2 + 1)^2$

$(n^2 + 1)^2 = \underline{n^4 + 2n^2 + 1}$

Portanto, a soma dos quadrados dos catetos é igual ao quadrado da hipotenusa e o triângulo é um triângulo retângulo.

E o inverso de "Um triângulo com lados que pode ser descrito na fórmula $n^2 + 1$, $n^2 - 1$ e $2n$ (onde $n > 1$) é um triângulo retângulo" é "Um triângulo que é um triângulo retângulo tem lados cujas extensões podem ser descritas como $n^2 + 1$, $n^2 - 1$ e $2n$ (onde $n > 1$)".

E um contra-exemplo significa encontrar um triângulo que seja um triângulo retângulo cujos lados podem ser descritos como $n^2 + 1$, $n^2 - 1$ e $2n$ (onde $n > 1$).

Assim, vamos supor que a hipotenusa de um triângulo de ângulo reto **ABC** seja **AB**

E temos **AB = 65**

Temos **BC = 60**

Então **CA** = $\sqrt{(AB2 - BC2)}$

$= \sqrt{(652 - 602)} = \sqrt{(4.225 - 3.600)} = \sqrt{625} = 25$.

Suponhamos **AB** = $n^2 + 1 = 65$

Então $n = \sqrt{(65 - 1)} = \sqrt{64} = 8$

Portanto $(n^2 - 1) = 64 - 1 = 63 \neq$ **BC** $= 60 \neq$ **CA** $= 25$

E $2n = 16 \neq$ **BC** $= 60 \neq$ **CA** $= 25$.

Portanto, o triângulo **ABC** é um triângulo retângulo, mas não tem lados que possam ser descritos como $n^2 + 1$, $n^2 - 1$ e $2n$ (onde $n > 1$). **CQD**

Este livro foi composto na tipologia Zapf
Humanist, em corpo 11/16, e impresso em papel
off-white 80g/m² no Sistema Cameron da Divisão
Gráfica da Distribuidora Record.